Ein Kurzroman

Diese Geschichte und die darin handelnden Personen sind frei erfunden. Jegliche Ähnlichkeiten zu aktuellen Ereignissen sind rein zufällig.

Ein neuer Job

März 2016 - Es waren die frühen Morgenstunden an einem lauen Frühlingstag in Zürich. Ein gewöhnlicher Dienstagmorgen. Vögel zwitscherten, ein paar Jogger und Radfahrer waren unterwegs. Erste Fussgänger stiegen aus den Trams und eilten zu ihren Arbeitsplätzen. Die Stadt wirkte verschlafen.

Finn Carter wohnte im Zürcher Kreis 9. Er lag noch tief schlafend unter seiner Bettdecke als der Wecker klingelte. Er klingelte einige Zeit. Dann hob Finn seinen Arm und tappte müde nach ihm, um für Ruhe zu sorgen. Er drehte sich um und schlief weiter.

Wenige Minuten später klingelte sein Handy. Er stöhnte genervt, drehte sich wieder um und griff danach. Es war sein bester Freund Rob. Mit einem tiefen Ausatmen drückte er mit verschlafener Stimme auf die grüne Taste:

„Hey!"

„Guten Morgen! Du klingst ja nicht gerade fit!"

„Bin ich auch nicht!" antworte Finn gehässig.

„Du hast mir doch erzählt, dass du heute ein Vorstellungsgespräch hast, steht das noch?"

„Ich habe es zumindest nicht abgesagt."

„Was machst du dann noch im Bett?"

Finn schwieg. Er wusste, dass Rob Recht hatte und er hasste es, wenn es so war:

„Ich wollte gerade aufstehen!"

„Ja klar, so hat es sich angehört! Wirst du jetzt aufstehen und hingehen? Du wolltest doch wieder was reissen?"

„Ja, ok, du hast Recht! Ich mach mich ja schon fertig! Wieso musst du nur so ein nerviger guter Freund sein?"

„Mach ich doch gerne! Was war das nochmal für eine Firma, bei der du dich beworben hast? Ich hab mir nur den Termin gemerkt, weil ich wusste, er war früh und dass ich dich rausklingeln werden muss!"

„Die Firma heisst SI, Swiss Independent. Soll wohl für die Unabhängigkeit der Schweiz stehen oder sowas. Ist eine Zeitung, unabhängige Berichterstattung und so. Mal sehen!"

„Ich höre, du hast dich genau informiert. Ich weiss nicht, ob das so klappt, aber ich drück dir auf jeden Fall die Daumen! Heute Abend 4. Akt? 19:00? Dann kannst du mir ja erzählen wie es gelaufen ist und ob du den Job nicht bekommen hast, weil du zu spät warst oder weil du keine Ahnung hattest, wofür du dich überhaupt bewirbst!"

„Ja, ist ok! Hab's verstanden! Bier heute Abend ist ok. Ach ja, und danke!"

„Kein Problem, wozu hat man Freunde! Bis später!"

Finn strich sich mit der Hand durch die dunkelblonden Haare. Müde schaute er zum Fenster, wo die ersten Sonnenstrahlen hereinschienen. Seine blauen Augen funkelten darin. Dann zog er sich mühsam aus dem Bett und unter die Dusche. Rob hatte Recht. Er wusste es selbst und hatte in den letzten Wochen auch schon deswegen gejammert, aber so ist das nun mal manchmal mit dem inneren Schweinehund. Er hatte vor einigen Jahren bei der NZZ als Praktikant angefangen und ist dort später in eine Festanstellung reingerutscht. Das Team war super, er arbeitete gerne dort. Vor einem halben Jahr wurde seine Stelle aber gestrichen, weil die Printmedien stark rückläufig sind. Aufgrund dieser Umstellung hatte er sich grundsätzliche Gedanken über sein Leben gemacht und auch gleich die Sache mit seiner damaligen Freundin beendet, mit der es nicht mehr so richtig lief und es sich abzeichnete, dass es nichts fürs Leben war.

Der anfänglich neue Elan wandelte sich nach und nach in ein sich gehen lassen und so kam es, dass er seit einigen Wochen nicht viel mehr tat, als in den Zürcher Nachtclubs überteuertes Bier und Zigaretten zu konsumieren. Er hatte zeitweise einen Job als Barkeeper, das machte ihn zwar bei den Mädels beliebt, brachte ihm aber nicht das Geld ein, das er dringend benötigt hätte, um seine Rechnungen zu bezahlen.

Er war 28 Jahre alt. Wenn es langsam gegen die Dreissig geht, fängt man an, sich Gedanken zu machen, was man eigentlich vom Leben erwartet oder was man erreichen will. Finn hatte beim besten Willen keine Ahnung was er wollte. Er versuchte das Leben so gut es ging zu geniessen und diese Gedanken beiseite zu schieben. Er hoffe, irgendwann wird ihn die Inspiration schon finden. Bis ihn Rob immer wieder an den Ernst des Lebens erinnerte.

Nach der Dusche zog er sich die schönste Hose an, die er fand, und ein schwarzes Hemd. Irgendwo hatte er doch noch eine rote Krawatte. Er fand sie und versuchte sie zu binden. Nach fünf Minuten gab er auf. Nur das Hemd wird es wohl auch tun.

Er lief ihn die Küche, vorbei an ein paar leeren Bierflaschen auf dem Couchtisch, und startete die Kaffeemaschine. Dann ging er vor die Türe, um die Post zu holen. Er warf die Briefe auf den Tisch, nahm sich einen Kaffee und begann sie zu öffnen. Einer der fünf Briefe war Werbung. Alle anderen waren Rechnungen. Besonders hoch die zweite Mahnung für seine Wohnungsmiete, für die es irgendwie auch nicht mehr gereicht hatte. Finn hätte problemlos aufs Arbeitslosenamt gehen können, dann hätte er diese Probleme jetzt nicht. Aber er war zu stolz. Er hätte auch jederzeit seine Eltern anrufen und seinen Vater um Geld bitten können. Aber auch das liess sein Stolz nicht zu. Er war sich sicher, er würde das auch ohne Hilfe des Staates oder der Eltern hinkriegen.

Rob hatte Recht! Es war an der Zeit, das Leben wieder in die eigenen Hände zu nehmen!

Das Vorstellungsgespräch

Das Gebäude befand sich in einem Geschäftshochhaus nahe Puls 5 in der Innenstadt. Die Swiss Independent hatte ihren Sitz gemäss Ausschreiben im 15. Stock. Finn stand vor dem Wolkenkratzer und blickte hoch. Wäre nicht schlecht, dort den Arbeitsplatz zu haben, ging ihm durch den Kopf. Er ging rein, betrat den Lift und fuhr hoch. Er meldete sich am Empfang und wurde gebeten noch einen kurzen Moment im Vorraum Platz zu nehmen. Frau Wittaker werde gleich Zeit für ihn haben.

Er setzte sich also auf einen der edlen schwarzen Sessel, angereiht um einen schönen Glastisch vor einer Aussicht über Zürich, die ihresgleichen suchte. Es war elegant dekoriert, auf dem Tisch ein paar frische Blumen, die gesamte Einrichtung modern, kalt und doch auf ihre spezielle Weise wunderschön. Er sass da und blickte weit über dem hektischen Geschehen Zürichs über die Dächer bis ihn die Empfangsdame aus den Gedanken riss: „Frau Wittaker hat jetzt Zeit für Sie!"

„Selbstverständlich! Vielen Dank!"

Er stand auf und blickte den langen Flur entlang, auf dem sich die Büros zu befinden schienen. Da stand nur eine Frau, sie schien gerade noch etwas für jemanden zu unterschreiben, ansonsten waren ausser der Empfangsdame alles Männer. Er hatte sich nicht wirklich versucht vorzustellen, wie Frau Wittaker aussieht, aber das hatte er nicht erwartet. Eine elegante, schlanke Frau, mit streng zusammengebundenen, blonden Haaren, einem engen Business-Kostüm. Sie wirkte jung, könnte in seinem Alter sein. Sehr attraktiv, dachte er. Im selben Moment hätte er sich für diesen Gedanken ohrfeigen können. Wenn das hier klappen sollte, wäre sie schliesslich seine Chefin.

Sie wechselte ein paar Worte mit dem Unterschriften-Fordernden, schenkte ihm ein Lächeln und blickte dann zu Finn. Ihr Blick wurde ernst, ja beinahe düster. Sie kam näher und streckte Finn die Hand entgegen:

„Guten Tag! Ich bin Frau Wittaker! Sie müssen Herr Carter sein! Wir haben heute einen Termin!" Sie wirkte kalt und arrogant.

Sie schüttelten Hände: „Genau! Freut mich sehr, Sie kennenzulernen!" Mit einem Handzeichen wies sie ihn, ihr in ihr Büro zu folgen. Es war gigantisch. Die NZZ hatte auch schöne Räumlichkeiten, aber das hier war überwältigend. Hinter dem quer stehenden Schreibtisch war eine reine Glasfront, die einen anderen atemberaubenden Blick über die Innenstadt von Zürich und darüber hinaus gewährte. Ein halb verglaster Balkon erstreckte sich dahinter. Das ganze Büro war in Glas gehalten, schwarze Akzente vollendeten das Bild. Davor ein kleiner runder Tisch mit vier Besucherstühlen für kleine Unterredungen. Sharon Wittaker zog einen der Besucherstühle auf die gegenüberliegende Seite ihres Schreibtisches, setzte sich in ihren schwarzen Ledersessel und überschlug die Beine:

„Bitte nehmen Sie doch Platz!"

„Gerne!"

Sie beugte sich nach vorne und musterte Finn:

„Nun, Sie haben sich für den Job beworben, da werde ich Ihnen wohl nicht viel darüber erzählen müssen! Da können wir gleich zur Sache kommen. Weswegen sollte ich Ihnen diesen Job geben?"

Finn räusperte sich: „Also ich habe einige Jahre bei der NZZ gearbeitet und daher viel Erfahrung mit Printmedien. Ich bin fleissig, pünktlich, …"

Sharon Wittaker fiel ihm ins Wort: „Nein, Sie verstehen mich falsch! Ihre beruflichen Qualifikationen habe ich mir in Ihrem Lebenslauf angesehen. Wenn das nicht passen würde, würden Sie gar nicht hier sitzen! Ich sehe auch, Sie legen nicht viel Wert auf Formalitäten, dazu fehlt Ihnen die Krawatte. Meine Frage ist, WESWEGEN sind SIE der Richtige für DIESEN Job?"

Finn wusste wirklich nicht, was er darauf antworten sollte. Vielleicht hätte er sich doch noch ein wenig besser über die Swiss Independent informieren sollen. In Gedanken sah er sich schon niedergeschmettert aus diesen wunderschönen Büroräumlichkeiten heraustapsen. Er zuckte mit den Schultern, wirkte hilflos.

Sie beugte sich nach vorne, verschloss die Arme vor ihrem Körper und atmete tief ein:

„Ich will Ihnen noch eine Chance geben! Sie bewerben sich ja sozusagen als mein Assistent! Wissen Sie wie man eine Kaffeemaschine bedient?"

„Selbstverständlich weiss ich das!"

„Super! Rechts aussen ist der Kaffeeraum, würden Sie mir bitte einen Kaffee bringen? Mit etwas Milch und Zucker gerne!"

Finn war verwundert. Aber er bejahte und stand auf. An der Tür drehte er sich nochmal kurz um:

„Darf ich mir auch einen mitnehmen?" Er konnte Sharon Wittaker den Hauch eines Lächelns entnehmen:

„Ja, sicher!"

Finn ging in den Kaffeeraum, konnte die Kaffeemaschine bedienen, brachte zwei Kaffee zurück und stellte sie auf den Tisch.

„Vielen Dank!"

„Gerne!" Finn lächelte.

Erneut holte Sharon tief Luft:

„Was würden Sie sagen, wenn ich Ihnen erzählen würde, dass viele Bewerber sich weigerten, mir einen Kaffee zu holen?"

„Wieso sollten sie das tun? Es geht um den Job! Um Ihr Assistent zu sein, muss ich nun mal auch Kaffee holen."

Sharon Wittaker zuckte mit den Schultern: „Viele Männer haben sich geweigert, weil ich eine Frau bin!"

„Das spielt doch keine Rolle, Sie wären meine Chefin und ich Ihr Assistent! Dann hole ich Ihnen Kaffee, wenn Sie das möchten!"

Sie lächelte, zog die Augenbrauen hoch: „Gute Antwort! Sie haben den Job! Können Sie morgen früh um 08:00 Uhr hier sein?"

Finn war perplex und schüttelte verwundert den Kopf: „Äh, ja, das freut mich, danke sehr! Selbstverständlich!"

„Sehr schön! Dann schönen Tag noch und bis morgen!"

Feierabendbier

Der 4. Akt, eine kleine, angesagte Kneipe in der Zürcher Innenstadt. Finn betrat den Laden, Rob sass bereits am Tresen. Er umarmte ihn kurz zur Begrüssung und setzte sich neben ihn.

„Hey!"

„Na, Alter! Was geht? Hab dir schon ein Bier bestellt zur Verdauung der Niederlage!"

„Es gibt keine Niederlage, wir können auf den Erfolg anstossen!"

Rob schaute verwundert: „Du hast den Job? Echt jetzt?"

Finn nickte und zog die Schultern nach oben, als wäre das ja von vorn herein klar gewesen.

„Erzähl! Muss ich dir alles aus der Nase ziehen?"

„Es gibt nicht viel zu erzählen, ich hab den Job, weil ich meiner neuen Chefin einen Kaffee gebracht habe."

Rob zog die Augenbrauen hoch: „Muss ich das jetzt verstehen?"

„Ich verstehe es ehrlich gesagt selbst nicht! Ja, ich hätte mich besser informieren sollen, ich dachte schon sie schickt mich jeden Augenblick wieder raus, da bat sie mich ihr einen Kaffee zu holen und weil ich das ohne Zögern getan habe, hat sie mir den Job gegeben."

„Die Alte ist doch nur scharf auf dich! Lass mich raten: Fett, hässlich und eine Frisur wie Angela Merkel?"

„Ja, so ungefähr!"

Sharon Wittaker sass noch in ihrem Büro. Sie packte ihre Tasche, warf einen Blick in das Ortungssystem des SI und machte sich auf den Weg. Sie parkte unweit des 4. Akts und schaute noch kurz in den Rückspiegel. Sie öffnete den Knoten, der ihr Haar streng nach hinten hielt und ihre langen blonden Haare fielen auf ihre Schultern. Sie richtete sie kurz mit den Fingerspitzen, zog ihr Jackett aus und öffnete den obersten Knopf ihrer Bluse. Sie wollte nicht zu geschäftlich wirken. Dann stieg sie aus und machte sich auf den Weg in den 4. Akt.

Finn sass mit dem Rücken zur Tür. Als Sharon Wittaker die Bar betrat, entdeckte Rob sie zuerst.

„Wow, da kommt ja gerade ein Gerät rein."

Finn schüttelte, belustig über die Art wie Rob über Frauen redete, den Kopf und drehte sich um. Seine Augen weiteten sich, er konnte nicht glauben, wen er da sah. Was für ein Zufall! Schnell drehte er den Kopf wieder zurück: „Das ist meine neue Chefin!"

„DAS ist deine Chefin?" fragte Rob ungläubig. „Du hast aber eine komische Vorstellung von dick und hässlich."

„Ich muss ihr wohl kurz hallo sagen gehen!"

„Ich komm mit!"

Dabei war es Finn zwar nicht wohl, aber er liess ihn gewähren. Die beiden liefen auf den Tisch zu, an den sich Sharon gesetzt hatte und gerade ein Glas Weisswein bestellte.

„Guten Abend! Was für ein Zufall, Sie hier zu treffen!" begegnete ihr Finn.

„Guten Abend Herr Carter! Ja, so ein Zufall!" Sie wirkte überhaupt nicht überrascht.

„Dürfen wir uns zu Ihnen setzen?" fragte Rob waghalsig.

Finn warf ihm einen bösen Blick zu und wandte sich dann an Sharon: „Bitte entschuldigen Sie meinen Freund, er ist manchmal…"

Sie unterbrach ihn: „Kein Problem! Um ehrlich zu sein, würde ich gerne einen kurzen Moment mit Ihnen unter vier Augen reden, Herr Carter." Sie schaute einen Moment lang Finn in die Augen und blickte dann auffordern zu Rob. Auch Finn blickte Rob an, der noch keine Anstalten machte, weggehen zu wollen.

„Es geht um meinen neuen Job! Du sagst doch, das sei wichtig! Nur einen kurzen Augenblick! Bitte!"

Widerwillig nickte Rob schliesslich und zog sich zurück an den Tresen.

Finn setzte sich. Sharon bedankte sich für den Weisswein, der ihr gerade serviert wurde und nahm einen Schluck.

„Sie fragen sich jetzt sicher gerade, ob es solche Zufälle wie diesen hier, geben kann."

„Es gibt sie, wie man sieht!"

„Was, wenn ich Ihnen sage, dass es kein Zufall ist?"

„Wenn es kein Zufall ist, sind Sie mir gefolgt. Sie haben meine Adresse und haben vor meiner Wohnung gewartet, bis ich das Haus verlassen habe."

„Denken Sie wirklich, ich hatte den ganzen Tag über nichts Besseres zu tun, als den neuen Mitarbeiter zu stalken?"

Finn glaubte selbst nicht daran, was er da gerade gesagt hatte und zuckte mit den Schultern.

Sharon zog ihr Smartphone hervor und tippte etwas ein: „Werfen Sie bitte einen kurzen Blick auf Ihr Handy!"

Finn verstand nicht, worauf sie hinaus wollte, tat aber wie geheissen.

Entsetzt stellte er fest, dass der Browser geöffnet war, mit der Website des SI. Ausserdem war eine Notiz offen, in der stand „Einen netten Gruss von Ihrer neuen Chefin!" Er blickte hoch und starrte sie fragend an.

„Die heutige Technologie eröffnet ungeahnte Möglichkeiten. Wir denken, unser Smartphone sei privat. So privat ist es leider nicht. Wir haben einen Trojaner in unserem WLAN, der jedes Smartphone, das unsere Büroräumlichkeiten betritt, infiziert. Dadurch können wir jederzeit jede Person orten, die uns schon einmal besucht hat. Ich brauchte Sie daher gar nicht den ganzen Tag zu observieren, um zu wissen wo Sie sind."

Finn begriff schnell: „Ok, Sie beobachten also unter anderem wo sich Ihre Mitarbeiter aufhalten. Ist das nicht ein wenig übertriebene Kontrolle? Sie hätten mich ja auch einfach fragen können, wo ich bin. Ich hätte es Ihnen gesagt. Nachts bin ich übrigens meistens in meinem Bett, wenn Sie mir da Gesellschaft leisten möchten…" witzelte er.

Sharon antwortete nicht sofort darauf. Ihr Blick verriet, dass sie sich diese Situation durch den Kopf zu gehen lassen schien. Er konnte sich nicht helfen, er fand sie wirklich sehr hübsch. Er konnte der Versuchung nicht widerstehen, ihr ein ehrliches Lächeln zu schenken.

Sie lächelte kurz zurück, dann unterbrach sie den Moment der Stille:

„Es geht nicht um Sie! Ich werde Ihren Standort nicht kontrollieren. Ich bin hier, um Ihre Aufmerksamkeit zu wecken. Sie werden diese Begegnung heute Abend erstmal nicht einordnen können. Das ist völlig okay. Sie beginnen ja erst morgen mit der Arbeit. Und ich hoffe, Sie werden diese Arbeit dadurch mit viel Interesse und Elan ausüben."

„Das habe ich vor!"

„Sehr gut! Ich bin übrigens Sharon! Ich glaube, Sie sind ein Mensch, der den Respekt auch mit dem Du wahren kann."

Er nickte: „Finn!"

Sie leerte den Rest ihres Weins in einem Zug und legte einen Zehner auf den Tisch. „Sehr schön, Finn! Es hat mich sehr gefreut! Ich wünsche dir und deinem Freund noch einen schönen Abend. Trinkt nicht so viel, morgen beginnt die Arbeit!"

Mit einem wieder arrogant wirkenden Lächeln stand sie auf, verabschiedete sich und verliess das Lokal. Finn hatte tatsächlich Mühe, einzuordnen, was gerade passiert war. Er stand auf und setzte sich wieder zu Rob.

„Was war das denn jetzt?!" wollte er wissen.

„Ich habe keine Ahnung! Anscheinend hat sie mein Handy geortet und mich deswegen hier besucht!"

„Die Alte ist heiss, aber sie hat einen Schuss! Pass bloss auf!"

Finn schaute ihn an, sagte aber nichts. Er nahm noch einen Schluck Bier. Danach würde er nach Hause gehen, er wollte morgen fit sein.

Der erste Arbeitstag

Heute stand Finn problemlos auf, als der Wecker klingelte. Er wusste nicht, woher der Elan kam, der ihn beinahe freudig antrieb, aber er war da. Er erledigte seine morgendlichen Rituale und war früher in der SI, als erwartet. Sharon war bereits in ihrem Büro und arbeitete. Ein Workaholic, dachte Finn. Hat sie ein Privatleben? Und wieder musste er sich daran erinnern, dass ihn das nichts angeht.

Sharon begrüsste ihn, sie erkundigte sich, ob er denn noch einen lustigen Abend gehabt habe, trank mit ihm einen Kaffee und stellte ihn den anderen Mitarbeitern vor, bevor sie ihm schliesslich seinen neuen Arbeitsplatz zeigte, ihn anwies, sich einzurichten und sie danach in ihrem Büro für eine Einweisung aufzusuchen. Das tat er.

„Bitte Finn, nimm Platz!" Er setzte sich wieder auf einer der Besucherstühle gegenüber ihrem Schreibtisch. Ihm waren die Überwachungskameras aufgefallen, die überall in der SI installiert waren: „Du magst Kontrolle?" fragte er mit einem Zwinkern.

„Wir werden kontrolliert. Da habe ich mir gedacht, es wäre besser selbst auch zu kontrollieren und nötigenfalls eigene Beweise zu haben. Keine Angst, es geht nicht darum, zu kontrollieren, ob meine Mitarbeiter zwischendurch mal auf Facebook sind!" Auch sie zwinkerte. „Dann zur Sache: Ich vermute, du hast nicht die geringste Ahnung, was die Swiss Independent ist."

Er antwortete verlegen: „Um ehrlich zu sein, vermute ich, dass es um unabhängige Berichterstattung geht. Viel mehr weiss ich zugegebenermassen nicht."

„Das dachte ich mir! Dann werde ich zuerst mit einem kurzen Werdegang beginnen. Ich habe vor 5 Jahren damit angefangen eine kleine, unbedeutende Online-Nachrichtenplattform zu betreiben. Anfangs waren es lediglich aktuelle Themen aus einem anderen Blickwinkel betrachtet. Ich bezog meine

Informationen nicht aus den grossen Nachrichtenagenturen, sondern las die verschiedenen Berichte der grossen Zeitungen und Fernsehnachrichten, verglich sie miteinander und recherchiert im Internet um sie in einen grösseren Kontext zu setzen. Meine Berichte fanden nach und nach mehr Anklang und ich konnte schnell die ersten Printausgaben drucken lassen. Heute habe ich 10 Mitarbeiter, die sich den verschiedensten Themen annehmen. Unser Journal erscheint wöchentlich und umfasst jeweils rund 70 Seiten im A4-Hochglanzformat. Einige meiner Mitarbeiter beschäftigen sich zurzeit mit den diversen Kriegen, mit der Flüchtlingskrise, mit der Innenpolitik der Schweiz. Andere nehmen sich hauptsächlich TTIP und GMO-Food, das Aussterben des Regenwaldes oder der Ausbeutung von Tieren in Zusammenarbeit mit dem WWF vor. Vermutlich sagt dir Anonymous etwas, wir haben sehr direkten Kontakt mit einigen dieser Leute.

Ich kann dir empfehlen, die eine oder andere Ausgabe bei Gelegenheit durchzublättern, ist selbstverständlich alles online. Die Handhabung von Google muss ich dir wohl nicht erklären." Sie zwinkerte ihm zu.

Er lächelte verschmitzt: „Nein, da weiss ich Bescheid! Entschuldige die Frage, aber wieso hat denn die SI einen solchen Erfolg? In 5 Jahren vom unbedeutenden Online-Blättchen, verzeih mir den Ausdruck, zu einem unabhängigen Print-Journal mit 10 Mitarbeitern? Wenn die Informationen auf den Berichten der grossen Zeitungen beruhen, steht in der SI denn etwas anderes?"

Sharon nickte, um ihm zu verstehen geben, dass sie verstand was er meinte: „Wenn man das nicht selbst einmal gemacht hat, ist es tatsächlich schwierig, das nachvollziehen zu können. Aber daran werden wir arbeiten."

Sie stand auf und warf einen Blick über Zürich, der die grosse Glasfront hinter ihrem Schreibtisch gewährte, wirkte verträumt. Sie dachte nach, wie sie am besten vermitteln konnte, was sie meinte: „Ich gebe dir ein Beispiel:

Der Überwachungsstaat, das Nachrichtendienstgesetz, über das wir demnächst abstimmen. Darüber wird in den Medien sehr wohlwollend berichtet. Die Vorteile der Sicherheit werden hervorgehoben, man könne damit Terror bekämpfen. Die NSA macht das inoffiziell ja bereits alles, wieso haben sie denn die Terroranschläge in Paris nicht verhindert? Bedenken bezüglich Überwachungsstaat liest du in den Mainstream-Medien fast keine, obwohl viele Leute grosse Bedenken haben. Es gibt unzählige Proteste und ein Referendum dagegen. Wenn sich so viele Menschen kritisch äussern, sollte man das doch zumindest ernst nehmen und darüber berichten! Wollen wir wirklich zurück zu Stasi-Zeiten? Wenn jemand wie Snowden dann die Wahrheit ans Licht bringt, wird er in den Medien als Verbrecher dargestellt."

„Nun, es dient ja der Sicherheit. Wenn man nichts zu verstecken hat, muss man auch nichts befürchten."

„Hast du nichts zu verstecken? Dann hast du aber ein ziemlich langweiliges Leben!" Sie zwinkerte: „Ich habe etwas zu verstecken. Was zum Beispiel bei mir im Schlafzimmer läuft geht niemanden etwas an. Und wenn dort gar nichts läuft, muss es erst recht niemand wissen."

Finn musste ein paar abschweifende Gedanken unterdrücken.

„Der Überwachungsstaat kann keine Lösung sein. Er schränkt unsere Freiheit ein, er fördert die Zensur des Internets, unterbindet die freie Meinungsäusserung und bringt absolut gar nichts. Dann vereinbart halt Terrorist 1 mit Terrorist 2 in einem persönlichen Gespräch, das Veilchen fortan für Bomben stehen und Rosen für Maschinengewehre. Wenn sie zukünftig miteinander twittern und die Veilchen und Rosen geliefert wurden, denkt jeder sie planen eine Hochzeit. Es ist doch naiv anzunehmen, dass der Terror seinen Weg nicht findet, deswegen müssen wir unsere Freiheit nicht einschränken lassen. Es geht niemanden etwas an, wonach ich im Internet suche, welche Videos ich mir ansehe, und was ich auf Facebook poste. Und ich will nicht als potentieller Terrorist gelten, nur weil ich bei der Recherche Propaganda-Videos der IS anschaue. Mir ist bewusst, dass das die NSA bereits alles weiss, ich werde wohl so schnell nicht mehr in die USA fliegen. Aber deswegen muss ich ja nicht mein Einverständnis dazu geben, in dem ich dafür stimme. Das Ganze funktioniert nämlich auch umgekehrt. Sie können mir Dateien auf meinen Computer laden und mich danach deswegen einsperren! Was bringt es, dass der Staat in der Bevölkerung nach Terroristen sucht, wenn die grössten Terroristen die Staatsüberwacher selbst sind?"

„Ist das jetzt nicht ein bisschen paranoid?"

„Wenn du wüsstest, was ich alles weiss, würdest du das nicht fragen. Aber du kannst es ja noch nicht wissen."

Finn lenkte ein: „Nun, dann werde ich das einmal versuchen. Also ich meine die verschiedenen Berichte ansehen, vergleichen und dazu im Internet recherchieren."

Sharon drehte den Kopf zu ihm und sah ihn freudig an, als hätte er etwas gesagt, das sie hören wollte: „Sehr schön! Genau das wäre nämlich meine erste Aufgabe für dich! Ich habe noch eine kurze Information zu den Arbeitsbedingungen. Ich habe dir deinen Schreibtisch gezeigt. Du kannst ihn nutzen oder den Laptop, der dir zur freien Verfügung steht mit nach Hause nehmen und dort recherchieren. Es ist dir freigestellt, wo du besser arbeiten kannst. Du hast eine Woche Zeit. Wir treffen uns nächsten Mittwoch, um 08:00 Uhr hier und dann präsentierst du mir deine Ergebnisse. Ich habe auch ein konkretes Thema für dich: Der Syrien-Konflikt! Eine Frage hätte ich vorab: „Was weisst du schon über diesen Krieg?"

Finn zuckte mit den Schultern: „Nun, da ist der IS."

„Ist das alles?"

„Die Menschen flüchten vor dem IS."

Sharon lächelte wohlwollend: „Wenigstens sprichst du nicht von ISIS, dem Islamischen Staat in Syrien, sondern vom IS, dem Islamischen Staat. Sie haben sich im Sommer 2014 umbenannt. Die Idioten wollen expandieren!" Finn musste schmunzeln, obwohl das kein lustiges Thema war.

„Ich möchte es also bis in einer Woche etwas genauer von dir wissen. Wer kämpft da gegen wen, wie fing das an, wer hat welche Ziele, trag so viele Informationen zusammen, wie du kriegen kannst!"

„Also, ich hab jetzt eine Woche Zeit um zu recherchieren, was in Syrien genau los ist und das kann ich machen wo immer ich Lust habe?"

„Ganz genau!"

„Toller Job!" Finns Augen strahlten, aber er wollte damit nicht ausdrücken, dass er sich jetzt eine Woche auf die faule Haut legen würde, sondern dass er motiviert war, die Aufgabe zu erfüllen.

„Super! Vielleicht sehen wir uns mal bei einem Kaffee, wenn du eher hier arbeitest, ansonsten bis in einer Woche!"

Die Woche der Recherche

Finn nahm die Aufgabe sehr ernst. Er wusste noch nicht, ob er eher der Typ für Homeoffice war oder doch lieber ins Büro gehen würde. Er hatte bisher nicht die Gelegenheit sich für eine dieser Möglichkeiten zu entscheiden. Den Nachmittag dieses Tages nutze er erstmal im Büro. Der Ausblick war herrlich, dachte er. Das würde der Motivation helfen. Also fing er an Google und YouTube zu bemühen. Er las unabhängige Berichte, sah sich diverse Interviews von Forschern, Publizisten, Historikern, Insidern und Politikern an und verglich die Aussagen mit der jeweiligen Berichterstattung der Mainstream-Medien. Die ersten Erkenntnisse verwirrten ihn.

Er hatte ursprünglich geplant am Abend noch wegzugehen. Irgendwann würde er den Laptop zuklappen und die Arbeit sein lassen. Als es aber langsam dunkel wurde, er sass schon viel länger vor dem Laptop als geplant, entschied er sich, ihn mit nach Hause zu nehmen. Er konnte nicht einmal genau sagen, weshalb er das tat.

Auf dem Weg nach Hause schossen Tausende Gedanken durch seinen Kopf. Er konnte sie nicht ordnen. Kurz bevor das Tram die Haltestelle vor seiner Wohnung erreichte, wollte er nur noch den Laptop aufklappen, um die unzähligen Fragen zu beantworten, die sich in der Zwischenzeit klar etabliert hatten. Er betrat seine Wohnung, startete den Laptop auf dem Küchentisch, holte sich ein Bier und googelte weiter. Zwischendurch gönnte er sich eine Zigarette auf seinem kleinen Balkon. Diese Pause warf nur weitere Fragen auf. An Schlaf war nicht zu denken, obwohl längst Zeit dafür gewesen wäre. Also trank er Whiskey und recherchiert bis tief in die Nacht hinein. Es wurde schon beinahe wieder hell, bis er sich mit einem dröhnenden Kopf endlich ins Bett legte. Sein bisheriges Weltbild lag in Trümmern und er fragte sich ständig, ob das wirklich sein konnte. Schliesslich fand er etwas unruhigen Schlaf.

Er war früh wieder wach. Zu früh, dachte er, schliesslich hatte er fast die ganze Nacht gearbeitet und wollte sich noch ein, zwei Stündchen Schlaf gönnen. Die Gedanken fingen aber bereits wieder an zu drehen und liessen ihm keine Ruhe. Nach einer halben Stunde des erfolglosen Herumwälzens entschloss er sich, aufzustehen. Er machte sich einen Kaffee und sass wieder an den Laptop. Heute holte er die Post nicht. Die Rechnungen, die ihn erwarteten, wirkten vergleichsweise bedeutungslos. Er beschloss, von zuhause aus zu arbeiten. Nicht dass der Ausblick auf den Letzipark vor seiner Wohnung auch nur im Ansatz so beindruckend war, wie der vom Büro in der SI. Er wollte sich einfach den Weg sparen, die Zeit konnte er besser nutzen. Er wollte heute Sharon auch nicht unbedingt begegnen. Er wüsste nicht, was er ihr sagen sollte, er würde verwirrt wirken. Er musste erst für Klarheit in seinem Kopf sorgen.

Seine Recherchen gingen in verschiedene Richtungen. Er stiess schnell auf die Artikel der englischen und deutschen Anonymous und weiteren unabhängigen Onlineportalen. Ein paar Persönlichkeiten weckten besonderes Interesse. Jürgen Todenhöfer, ein deutscher Publizist, der 10 Tage beim IS in Syrien war, berichtet über die Entstehung der Terrorgruppe und darüber wie der Islamhass im Westen sie antreibt. Daniele Ganser, ein Schweizer Historiker und Friedensforscher, analysierte 9/11 und die Hintergründe des Ukraine-Konflikts und stellte sie in ein komplett anderes Licht, als er es bisher kannte. Sahra Wagenknecht und Gregor Gysi, Politiker von „Die Linke" in Deutschland, weisen in unzähligen Reden im Bundestag und in Interviews auf die kriegstreibende Politik des Westens hin und stellen die Sanktionen gegenüber Russland in Frage. Noam Chomsky, ein Sprachwissenschaftler, der sich unter anderem mit Meinungsbildung der Menschen beschäftigt, klagt ebenfalls das Kriegstreiben des Westens an und analysiert die vorgegebene Meinungsfindung der Bevölkerung. Er stiess auch auf die ZDF-Sendung „Die Anstalt", die sich der Aufklärung verschrieben hat und das Ganze auf humorvolle Weise darstellt.

Den ganzen Tag über bemerkte er nicht, dass er ausser drei Kaffee noch nichts zu sich genommen hatte. Erst als es bereits wieder dunkel wurde, machte sich ein Gefühl von Hunger breit. Er durchforstete das Tiefkühlfach und fand einen Mikrowellenhamburger, den er entsprechend zubereitete. Während das dampfende Brot-Fleisch-Gemisch neben ihm auf den Verzehr wartete, stiess er auf Artikel über Genmanipulierte Nahrungsmittel, in Fertiggerichten verarbeitet, und GMO-Food, den das TTIP-Abkommen nach sich ziehen würde. Er warf einen Blick auf den noch unangetasteten Burger neben ihm. Nach einem kurzen Kopfschütteln nahm er den Teller, warf das Ding in die Mülltonne, nahm sich stattdessen ein irisches Bier aus dem Kühlschrank und googelte weiter.

In den letzten Monaten verbrachte er den Donnerstagabend jeweils damit, im Mascotte hübschen jungen Ladies gespritzte Weisse und wohldekorierte Drinks zu servieren. Heute hatte er wirklich keine Lust dazu. Er rief an und meldete sich krank. Wieder arbeitete er bis tief in die Nacht hinein und zwang sich schliesslich in sein Bett, wo er nur mühsam Ruhe fand.

Am nächsten Morgen hatte er den Gedanken, dass es so nicht weitergehen kann. Er brauchte einen klaren Kopf. Er brauchte Abwechslung. Er schrieb eine WhatsApp an Rob, ob er am Abend Zeit auf ein Bier hat und zog sich seine Sportklamotten an, um joggen zu gehen. Er lief durch den Kreis 9, über die Europabrücke, dem Albisrieder Dorfbach entlang, sah Frauen und Männer mit Kinderwägen, Hunden und Rollstühlen, Kopftüchern und Crocs, Schwule, verliebe Pärchen verschiedenster Herkunft und doch alles Schweizer. Wussten all diese Menschen, in was für einer Welt sie lebten? Seine Gedanken brodelten. Es half nichts.

Er ging nach Hause und duschte. Danach sah er auf sein Handy, Rob hatte ihm zugesagt. Vielleicht konnte er ihn ein wenig ablenken. Er musste etwas essen. Also ging er kurz an die Tankstelle, holte sich ein paar frische Zutaten und kochte sich ein gesundes Wok-Gericht. Dann machte er sich auf den Weg in den 4. Akt.

Rob sass wie meist schon da. Die übliche Begrüssung und Finn fühlte sich gleich etwas wohler. Etwas Altbekanntes, etwas das sich nicht ändern wird, die Freundschaft!

„Na Alter, wie läuft's denn so bei deinem neuen Job? Hast dich gut eingelebt?

„Ja, hab Homeoffice!" Finn zwinkerte.

„Homeoffice? Nicht schlecht! Dann hast du wohl nicht viel gearbeitet die Woche!" Rob lachte.

Bei der Bemerkung musste Finn kurz schlucken: „Doch, glaub mir, ich habe in meiner „Karriere" noch nie etwas so ernst genommen, wie diesen Job!"

„Wie meinst du das, worum geht's?

„Nun, sie heisst übrigens Sharon, das „heisse Gerät". Sie hat mir die Aufgabe gegeben, mich bis nächsten Mittwoch über den Syrien-Konflikt eingehend zu informieren. Und das tue ich."

„Was gibt es denn da gross zu wissen?"

„Viel! Was weisst du darüber?"

„Da kämpfen verschiedene islamistische Gruppen gegeneinander, so viel Religion können wir gar nicht verstehen!" Er winkte mit der Hand von sich weg.

„Was wäre, wenn es viel einfacher ist?"

„Wie einfacher?"

„Meine Recherchen haben ergeben, dass die sogenannten gemässigten Rebellen, die dort gegen den IS kämpfen, nichts weiter sind, als von der CIA ausgebildete Truppen, deren Hauptziel es ist, Assad zu stürzen!"

Rob lachte laut heraus: „Jetzt bist du also unter die Verschwörungstheoretiker gegangen? Das ist doch lächerlich!"

Finn sah ihn kurz an und überlegte was er sagen sollte. Er hatte sich jetzt zwei Tage lang durchgehend mit diesem Thema beschäftigt und sein bester Freund nahm ihn nicht ernst. Es stimmte ihn traurig: „Du musst ja meinen neuen Job nicht verstehen, also lass uns das Thema wechseln!"

Finn schaffte es an diesem Abend, die Gedanken los zu lassen. Rob und er landeten in ein einem Club, hatten Spass und es tat ihm gut. Schliesslich schlief er betrunken in seinem Bett ein, ohne noch an den Laptop gesessen zu sein. Er wertete das als Erfolg. Erfolg, das Wochenende zu geniessen. Erfolg, den Kopf frei zu kriegen! Und er konnte Ausschlafen.

Samstag gegen Mittag wurde Finn langsam wach. Er fühlte sich wohl. Was würde er mit all der Zeit anfangen, die er an diesem Wochenende hatte? Er fing an mit etwas, das er immer tat: Er trank Kaffee und holte die Rechnungen herein. Dann ging er joggen. Normalerweise hätte er sich danach darum gekümmert, mit wem er am Abend auf die Piste gehen könnte. Heute nicht. Irgendetwas hinderte ihn daran. Also blieb er zuhause und tat das, was ihm im Moment am ehesten Genugtuung gab. Er recherchierte. Abgesehen von zwei kurzen Telefonaten mit seinen Eltern und dem täglichen Sportprogramm, das komplette Wochenende über.

Am Montagmorgen klingelte sein Handy. Er kannte die Nummer nicht, aber er ging ran: „Carter?"

„Hallo, hier ist Sharon!"

„Oh, hallo Sharon! Hast du mich im Büro vermisst? Ich habe mich für Homeoffice entschieden!" Finn versuchte Ernsthaftigkeit in die Worte zu legen, zumal sie doch wahr waren.

„Ja, das habe ich! Aber ich rufe nicht an, um zu kontrollieren, ob du arbeitest. Ich wollte nur kurz fragen, ob du eine Krawatte hast."

„Ob ich eine Krawatte habe?"

„Nächsten Mittwochnachmittag wurde ich spontan an eine Pressekonferenz in der Messe Zürich eingeladen. Ich würde dich gerne mitnehmen. Aber da du beim Vorstellungsgespräch eher leger erschienen bist und das doch ein repräsentativer Auftritt wäre, wäre es gut, du würdest eine Krawatte tragen!"

„Ich habe Krawatten! Ich kann sie nur nicht binden!" Finn schmunzelte.

„Nimm eine mit, das kriegen wir schon hin!"

„Ok, mach ich!"

„Gut, dann bis Mittwoch!"

Der Mittwochmorgen nahte und Finn hatte sich zurecht gelegt, was er sagen würde. Am Dienstagabend war er wieder mit Rob zum Bier im gewohnten Lokal verabredet.

„Na, Alter, wie geht's? Immer noch auf Truther-Verblendung?"

Finn lächelte müde: „Ich weiss nicht, wie ich dir erklären soll, was ich in den letzten 7 Tagen alles herausgefunden habe!"

„Immer noch die USA ist an allem Schuld-Geschichte? Weisst du, es gibt immer mehrere Seiten einer Trophäe. Wenn du da jetzt einer Propaganda aufgesessen bist, nehme ich dir das nicht übel. Kann ja mal passieren. Man findet im Internet immer das, was man finden will!"

„Propaganda? Du bezeichnest die Recherche einer ganzen Woche als Propaganda? Welchem Zweck sollte diese denn dienen? Sich zu informieren und darüber zu berichten? Huch, wie gefährlich!" Finn sagte das ironisch und rollte die Augen.

„Anscheinend hat dir die hübsche Frau Sharon ganz schön den Kopf verdreht!"

„Sie hat mir nicht den Kopf verdreht, sie hat überhaupt nichts dazu gesagt, sie hat mir nur eine Aufgabe gegeben!"

„Ist ja ok. Die Kleine ist heiss, das gebe ich zu. Aber konzentrier dich mal wieder auf dein Leben! Leg sie flach, dann bin ich stolz auf dich! Aber lass dich nicht von ihren komischen Theorien einlullen! Reiner Antiamerikanismus bringt hier gar nichts!"

„Antiamerikanismus? Ist das dein Ernst? Wie gut kennst du mich? Mein Vater ist Amerikaner, darum geht es mir ganz sicher nicht!"

„Jede Regierung hat ihre eigenen Interessen! Wieso googelst du nicht mal nach Putin?"

„Das habe ich. Putin hat sehr gute Ansätze was die Flüchtlingskrise betrifft. Aber die USA will nicht einlenken. Natürlich hat Putin eigene Interessen was Russland betrifft, das darf er meiner Meinung nach auch. Aber er stürzt nicht andere Länder ins Chaos und lässt dabei unzählige unschuldige Menschen, Frauen und Kinder sterben, weil der Krieg ihm nützt."

„Ukraine?"

„Das Assoziierungsabkommen, das in der Ukraine unterzeichnet wurde, enthielt militärische Komponenten. Darüber haben die westlichen Medien nie berichtet. Das bedeutet, es ist für Russland praktisch gleichbedeutet, wie ein NATO-Beitritt der Ukraine. Damit wäre Russland eingekesselt und die NATO sehr nah an Moskau. Unter diesem Gesichtspunkt muss man Putin bezüglich Ukraine verstehen. Im Allgemeinen wird Russland in den westlichen Medien sehr negativ dargestellt. Es sieht fast so aus, als würde bewusst ein Feindbild aufgebaut."

„Putin hat ja auch eine Menge Dreck am Stecken. Informier dich doch mal, was in Russland läuft?"

„Es wäre anmassend zu behaupten, dass ich weiss was Putin für ein Mensch ist. Ich denke niemand kann das abschliessend über irgendjemanden sagen, ausser man kennt ihn persönlich sehr eng. Seine Vergangenheit spielt aber für meine Recherchen über Syrien keine Rolle. Es geht darum die Ereignisse und Fakten zu interpretieren und Zusammenhänge zu erkennen. Und in Syrien ist nun mal Putin gerade nicht der Böse.

„Putin unterstützt Assad, den Diktator?"

„Assad mag ein Diktator sein. Ob er blutig ist, kann ich nicht abschliessend beurteilen. Im Moment sieht es für mich nicht so aus. Tatsache ist, dass eine

Elite-Universität in den USA physikalisch bewiesen hat, dass die Giftgasangriffe, die er angeblich gegen seine eigene Bevölkerung geflogen hat, nicht von seinem Regime aus ausgeführt werden konnten. Sie waren zu weit weg. Genau dieser Angriff ist aber die Legitimation der US-Rebellen, Assad unbedingt weghaben zu wollen. Sie werden wie gesagt, von der CIA ausgebildet und mit Waffen beliefert. Assad sagt selbst in Interviews, dass wenn ihn sein Volk nicht mehr möchte, er zurücktreten würde. Das kann man ihm glauben oder nicht. Ich habe mir viele Kommentare von Syrern unter YouTube-Videos oder unter Facebook-Beiträgen angesehen. Sie waren allesamt eher positiv gestimmt gegenüber Assad. Teilweise wird er regelrecht gelobt. Alles Ansichtssache, aber wenn wir mal nach München in die Turnhallen fahren und dort die Menschen fragen würden, ob es ihnen jetzt besser geht, würden wir wohl ziemlich einheitliche Antworten erhalten. Nämlich dass die USA sich besser rausgehalten hätte."

„Du siehst die Sache viel zu einseitig! Weltpolitik ist nicht so einfach!"

Finn schaute seinen Freund ungläubig an. Wollte oder konnte er nicht verstehen was er meinte? Er beliess es vorerst dabei und versuchte wieder das Thema zu wechseln. Er ging früher nach Hause, als er ursprünglich gedacht hatte.

Ehrliche Worte

Am Mittwochmorgen traf Finn voller Tatendrang mit der weinroten
Krawatte in der Tasche in der SI ein. Sharon war selbstredend schon da. Er
holte zwei Kaffee, brachte sie in ihr Büro und setzte sich.

„Also, Finn, was hast du herausgefunden?"

„Ich weiss gar nicht wo ich anfangen soll. Ich wollte mir eine Art
Präsentation basteln, aber das Ganze ist viel zu komplex dafür.
Zusammenfassend kann ich sagen, dass die Kriege, die die USA im
Mittleren und Nahen Osten angezettelt hat, verantwortlich sind dafür, was
wir in Europa im Moment für einen Schlamassel haben. Und es geht weiter!
Wie Georg Friedman in einem Interview, von dem er vermutlich nicht
wollte, dass es auf YouTube landet, erzählt, ist es das grösste Anliegen der
USA, dass Deutschland und Russland keine Freunde sind. Zusammen wären
sie die grösste Macht, die den USA gefährlich werden könnte. Es wäre
besser, sie würden sich bekriegen, dann wären beide geschwächt. Er schlägt
ein ähnliches Vorgehen vor, wie im Iran-Irak-Krieg, also 400'000 Tote.
Diesmal wären es dann deutsche und russische Zivilisten. Ich habe den
Eindruck gewonnen, dass der russische Jet, der kürzlich von der Türkei
abgeschossen wurde, eine bewusste Provokation der NATO gewesen sein
könnte. Hätte Russland nicht nur mit Wirtschaftsembargos geantwortet,
sondern eine Bombe zurückgeworfen, hätten die anderen NATO-Länder,
allen voran die USA eingreifen, helfen und zurückbomben dürfen. Da hätten
wir dann den gewünschten 3. Weltkrieg gehabt!"

Sharon nickte ohne eine Miene zu verziehen: „Wie ich höre, hast du
gearbeitet!"

„Aber warum wird denn darüber nicht berichtet? Das ist doch ein
Medienskandal?"

„Ja, das ist es! Es ist ein verdammter Krimi und jeder Einzelne von uns ist
Hauptdarsteller. Aber der Böse ist diesmal kein Russe. Es entscheiden leider

nicht Leute wie du und ich darüber, was als Medienskandal im Blick und auf 20 Minuten aufgedeckt wird! Ich kann dir auch erklären, weshalb das so ist. Es ist so ähnlich wie mit der Weltwoche und der SVP bei uns. Wenn dir nicht bewusst ist, dass SVP-Köppel dort Chefredakteur ist, und du das Blatt für unabhängigen Journalismus hältst, bist du nach dem Lesen auch SVP-Wähler.

Lobbyismus lässt grüssen. Die Schweizer Medien orientieren sich sehr stark am deutschen Mainstream. Die Chefredakteure der Bild, des Spiegels, der Zeit, etc. sitzen allesamt in den Vorständen von verschiedensten transatlantischen Bündnissen. Sie profitieren also finanziell von Rüstung und somit vom Krieg. Die Firmen, die Panzer und Waffen herstellen, haben kein Interesse an Weltfrieden. Wenn es keinen Krieg mehr gäbe, könnten sie ihre Spielzeuge ja gar nicht ausprobieren und schon gar nicht mehr verkaufen. Selbstverständlich berichten sie daher wohlwollend über die kriegstreibende Politik der USA. Ausserdem interessant ist, dass unsere gute „Mutti" seit ihrer Jugend eng befreundet ist mit den Frauen von Bertelsmann und Springer, die einflussreichsten deutschen Medienstiftungen, denen alle grossen Medien in Deutschland gehören. Und ihr Ehemann Joachim Sauer, sitzt im Vorstand der Springer-Stiftung, die sich gemäss Statuten unter anderem auf den Grundsatz „Unterstützung des transatlantischen Bündnisses und die Solidarität in der freiheitlichen Wertegemeinschaft mit den Vereinigten Staaten von Amerika" beruft. Wenn sie also irgendetwas anderes sagt, als ihr Mann ihr diktiert, würde sie hin stehen und sagen, dass die deutschen Medien jahrelang manipuliert und gelogen haben, dann würde sie dessen Gewinn und sein Ansehen ganz schön schmälern. Das wäre zwar gut für den Welt-, wohl aber nicht so für ihren Ehefrieden. Deswegen sagt sie lieber nur „Wir schaffen das!" und macht ansonsten gar nichts. Es ist lustig, die Deutschen werfen Russland Zensur der Medien vor. Die Russia Today berichtet aber wesentlich ehrlicher und neutraler. Friede Springer hat mal eben 80 Millionen aus ihrem Privatvermögen locker gemacht, um die Stiftung zu gründen. Springer und Bertelsmann kontrollieren die Bild, die Zeit, die Welt, den Spiegel, die FAZ, so ziemlich alle grossen deutschen Medien. Und diese DÜRFEN das transatlantische Bündnis nicht kritisieren. Deswegen liest du auch nie Kritik an TTIP. Das ist eine verdammte Mafia."

„Das ist ja unglaublich! Darauf muss man die Leute doch aufmerksam machen können?"

„Das versuchen wir! Seit Jahren! Es ist leider nicht ganz so einfach. Die Leute glauben das, was in der Zeitung steht und was in den Abendnachrichten gesendet wird. Es ist ja auch nicht nur gelogen, was dort gezeigt wird, es ist nur sehr einseitig. Und es ist sehr schwierig, Menschen auf dieses Thema aufmerksam zu machen. Hast du versucht mit jemandem darüber zu reden? Mit deinem Freund zum Beispiel?"

„Tatsächlich, das habe ich! Er hat sich über mich lustig gemacht, mich nicht ernst genommen!" Finn erinnerte sich daran, dass Rob noch mehr gesagt hatte, auch über Sharon, aber diesen Gedanken schob er beiseite.

„Siehst du, das ist das Problem. Die Menschen in der Schweiz haben keine Zeit sich darüber zu informieren. Wie denn auch? Du hast dir auch erst Gedanken darüber gemacht, nachdem es deine berufliche Aufgabe war."

Sharon stand auf und betätigte den Beamer, der auf eine weisse Leinwand in ihrem Büro zeigte. Ein Portrait von einem Mann um die 50 erschien: „Sagt dir der Name Anton Newman etwas?"

„Ja, schon mal gehört. Ich wüsste jetzt aber nicht, was er genau macht."

„Du bist bei deinen Recherchen also noch nicht auf ihn aufmerksam geworden. Verständlich, er zeigt sich gerne als Freund der Menschheit. Obwohl ich glaube, dass er das nicht ist. Ich habe seinen Lebenslauf verfolgt. Er war bei den Marines, schliesslich war er Agent bei der CIA. Jetzt lebt er in der Schweiz und macht politische Analysen, die selbstverständlich immer sehr pro-amerikanisch ausfallen. Ich habe lange gesucht, aber ich habe nichts, kein einziges Wort, darüber gefunden, ob er noch bei der CIA ist oder aus welchen Gründen er es nicht mehr ist. Die Vermutung liegt also nahe, dass er nach wie vor CIA-Agent ist, ansonsten würde er sich davon ja klar distanzieren. Kannst du dir vorstellen, dass die CIA eine Niederlassung in der Schweiz hat?"

„Die CIA eine Niederlassung in der Schweiz? Was hätten die denn hier verloren?"

„Ganz genau! Ich vermute sehr stark, dass zumindest eine grosse Anzahl Sympathisanten in Europa sind."

„Das finde ich jetzt etwas weit hergeholt. Wie kommst du darauf?"

„Die Kriegstreiber der USA sind ja nicht dumm. Sie haben einen Internetanschluss, sie haben mitbekommen, was Anonymous macht, sie lesen die Kommentare in Facebook-Diskussionen. Und ich meine jetzt nicht solche zwischen SP und SVP-Wählern. Sie kriegen mit, dass es Menschen gibt, die das Spiel durchschauen. Wenn also immer mehr Stimmen in der Bevölkerung laut werden, was würdest du tun, wenn du die CIA wärst?"

„Ich würde versuchen, diese Stimmen zu unterdrücken."

„Genau! Dazu braucht es Leute!"

„Du meinst also, dass CIA-Agenten oder Sympathisanten bewusst Stimmen, wie die deine und die anderer Menschen, die sich genau informiert haben, versuchen totzukriegen? Wenn das aber so wäre, wüssten wir nicht etwas darüber?"

„Wenn wir Genaues darüber wüssten, wäre die Sache mit dem „Geheimdienst" nicht wirklich erfolgreich." Sie zwinkerte: „Ich habe hierfür leider keine Beweise… noch nicht. Aus diesem Grund heisst es auch „Verschwörungstheorie". Man wird als Spinner abgestempelt, wenn man sich kritisch äussert."

„Aber es gibt ja eindeutige Beweise für andere Fakten. Wesley Clark zum Beispiel, sagt gut verständlich, zwar auf Englisch, aber das sprechen ja nun auch viele Schweizer, dass die Kriege, die im Moment im Mittleren Osten stattfinden, so geplant wurden. 9/11 ist faktisch ungeklärt, das WTC 7 ist in sich zusammengebrochen ohne einen Grund!"

„Und die Medien haben darüber berichtet, 21 Minuten bevor es passiert ist!"

„Genau, das sind doch eindeutige Indizien, die es zu überprüfen gilt!"

„Wären es. Aber die USA will das selbstverständlich nicht. Sie wollen einfach, dass man ihnen glaubt. Einfach so. Weil sie die USA und damit die Guten und wir alle zusammen schliesslich der grosse Westen sind. Hast du den neuesten Bond, Spectre schon gesehen? Es kam mir vor als würde ich einen Dokumentarfilm über die aktuelle Weltpolitik schauen. Eine Machtelite organisiert heimlich Terroranschläge um einen Überwachungsstaat zu rechtfertigen!"

„Aber es ist doch so durchschaubar? Warum verstehen das die Menschen nicht? Und warum hören sie jenen, die es verstehen nicht zu?"

„Das Problem sind genau diese Menschen. Wir denken, dass wir freie Meinungsäusserung haben. Tatsächlich wird uns der Rahmen, in welchen sich unsere Diskussionen abspielen sollen, aber von den Medien vorgegeben. Alle reden sie über die Flüchtlingskrise und stellen sich auf eine politische Seite. Sie wissen schon alles und hören einander nicht zu. Dabei verlieren sie völlig den Blick auf das grössere Wesentliche: Versuchen zu verstehen, was genau passiert und wie man ihm entgegenwirken könnte. Wir können was tun. Es ist ganz einfach. Aber solange wir uns von den Medien vorschreiben lassen, was wir zu denken haben und mit welchen Themen wir uns beschäftigen sollen, wird es nicht besser.

Die Menschen wollen diese Wahrheiten auch gar nicht unbedingt erkennen. Die Lüge ist angenehm, die Wahrheit sehr unbequem. Es würde bedeuten, dass sie eben etwas tun und sich nicht zurücklehnen können, um sich einzureden, dass es sie ja eigentlich nichts angeht. Uns wird schon von klein auf indoktriniert, dass es halt nun mal Kriege gibt auf der Welt. Und dass wir uns davon nicht des Lebens unfroh machen lassen dürfen. Obwohl wir im 21. Jahrhundert leben, ist es für uns normal, dass irgendwo Krieg ist. Deswegen beschäftigen wir uns auch nicht mehr so eingehend mit jedem einzelnen. Das ist für jeden Menschen, der voll im Berufsleben steht auch einfach nicht möglich. Es fehlen schlicht die Zeit und der Grund sich eingehend damit auseinanderzusetzen. Wenn man jetzt plötzlich erkennt, dass diese Kriege nicht hätten sein müssen und sie durchaus ein Ende haben könnten und dass es die eigene Mithilfe ist, die dazu beitragen kann, wirft dies das Weltbild erstmal aus den Fugen. Es stellt auch die eigene Ethik und Moralvorstellung in Frage. Manch einer würde vielleicht feststellen, dass er selbst gar kein so guter Mensch ist, wie er bisher leichtgläubig dachte oder von sich behauptet hat. Wie gut sind wir wirklich?

Deswegen kannst du auch nicht erwarten, dass dir irgendjemand glaubt, wenn du ihm erzählst, was du alles bei deinen Recherchen herausgefunden hast. Das muss man sehr viel vorsichtiger angehen. Es ist ein langsamer Prozess. Aber er geht voran und irgendwann, so hoffe ich, wird die öffentliche Meinung kippen. Auch die grossen Politiker und Redakteure der Mainstream-Medien werden darauf aufmerksam. Irgendwann werden sie begreifen, dass auch Europa für die USA nur ein Schachbrett ist und die Menschenleben hier der USA genau so wenig bedeuten, wie jene im Mittleren Osten. Spätestens dann denken sie als Privatpersonen, die sie ebenfalls sind, an ihre Familien und daran, dass auch sie einen solchen Krieg nicht wollen. Und dann werden sie darüber berichten! Das ist zumindest meine Vision!"

Finn nickte. Er wirkte niedergeschlagen, hatte das alles immer noch nicht ganz begriffen.

Sharon stand auf, ging zu einem Bücherregal links von ihrem Schreibtisch und griff nach einem Buch, das relativ weit oben stand. Finn konnte sich nicht dagegen wehren, dass sein Blick auf ihren kurzen Rock fiel. Sie holte das Buch hervor und reichte es ihm.

„Schindlers Liste?"

„Vielleicht hast du den sehr eindrücklichen Film dazu gesehen. Es sollte Pflichtprogramm werden in den Schulen. Es lief mir mehrmals kalt den Rücken hinunter! Schindler ging es anfangs auch nur um persönlichen Erfolg. Bis ihm bewusst wurde, was genau passiert. Die Szene auf dem Pferd, danach Fräulein Krause. Irgendwann hat er es begriffen. Am Ende brach er zusammen, weil er nicht noch einige mehr Leben retten konnte. Darum ging es ihm ursprünglich nicht. Er hat erst mit der Zeit seine Menschlichkeit entdeckt. Selbst Stern war schlussendlich sein Freund. Herrlich ist auch die Szene, in der Göth jemanden zu erschiessen versucht. Ohne Waffen ist es nicht so leicht jemanden umzubringen. Sollten wir mal bei dem IS versuchen. Schindler war ein sehr intelligenter Mann. Hast du dir schon mal eingehend Gedanken dazu gemacht, was genau mit den Juden passiert ist? Wie sie systematisch enteignet und später getötet wurden? Mobilisierte Deutsche, die genau das taten, was sie der Regierung nach tun sollten. Töten! Unschuldige Menschen hilflos erschiessen. Die Menschen sollen gehorsam folgen, aus Angst! Ist es in Syrien jetzt anders?"

„Wurden die Menschen nicht einfach dazu aufgestachelt?"

„Meiner Ansicht nach, zeigen sich gewisse Parallelen, wie Hitler so erfolgreich werden konnte, zu dem was heute passiert. SS klingt ja auch ganz ähnlich wie IS. Er gab dem deutschen Volk Arbeit, baute das Land wieder auf, es ging den Menschen besser. Selbstverständlich waren negative Stimmen da nicht gerne gehört. Das Aufwachen musste erst einsetzen, doch dann war es zu spät, der 2. Weltkrieg war da. Selbst als intelligente Menschen mittendrin steckten, konnten sie noch nicht begreifen worum es ging!"

„Also worum geht es eigentlich? Wieso will die USA denn unbedingt Krieg in Europa? Was haben sie davon?"

„Das ist ganz einfach. Es geht immer nur darum: um Geld, Ressourcen und Macht! Die Reichen bereichern sich weiter und die Armen werden ärmer. Die USA perfektioniert das Ganze und zieht die Regierungen anderer Länder bewusst mit hinein. Wir haben auch Tendenzen in diese Richtung, zum Beispiel die Vermögenssteuer: Wenn dieses System gerecht wäre und nicht nur auf die Mittelschicht, sondern auch auf die obere Schicht konsequent angewendet würde, würde es funktionieren und die Welt hätte überhaupt keine finanziellen Probleme. Warum also haben moderne Staaten wie die europäischen Länder Schulden und andere verleihen Kredite? Weil sie es wollen! Sie wollen Zinsen kassieren. Es ist kein Kampf zwischen Ländern oder Religionen. Es ist ein Kampf zwischen Arm und Reich."

„Aber wer Schulden macht, muss nun mal Zinsen zahlen?"

„Das ist das, was den Bürgern eingeredet wird. Ist ja eigentlich auch so. Aber wenn wir das auf einer übergeordneten Stufe anschauen, nimmt es absurde Züge an. Die wirklich reichen Leute, also ich meine jetzt nicht Millionäre in der Schweiz, diese würde ich aus dieser übergeordneten Sicht immer noch zur Mittelschicht zählen, sondern Leute wie Rothschild, Rockefeller und Co. Sie haben ein Vermögen und Bankkonten, das sind Zahlen, die können wir uns nicht vorstellen. Dabei ist es eigentlich nur Papier. Eine Erfindung, eine Illusion. Der Comedian Volker Pispers hat das mal sehr anschaulich erklärt. Banken können Geld verleihen, das sie gar nicht haben. Das ist so absurd, man kann es kaum fassen. Und doch leben wir alle danach. Du als Privatperson musst Geld haben, um jemandem welches ausleihen und dafür Zinsen kassieren zu können. Banken gehen einfach zur Nationalbank und lassen sich welches drucken und leihen es dann aus. Wir sollten eine Bank gründen, wie geil ist das denn? Etwas zu verleihen, das ich nicht habe, um damit Geld zu verdienen, das mir nicht zusteht? Im Falle der Hypotheken ist es noch viel einfacher, das Geld muss nicht mal existieren. Die Bank gibt dir einfach auf Papier einen Kredit, ohne den Gegenwert selbst zu haben, und du kannst dir eine Wohnung oder ein Haus kaufen. Die Immobilie gehört nicht wirklich dir, aber du denkst das und bist zufrieden. Das System beruht auf einer Lüge. Die Lüge der Banken. Die Mittelschicht schuftet dafür und verschwindet immer mehr. In den USA brauchen die Leute teilweise schon 2 Jobs, um sich über Wasser zu halten. Das ist praktisch für die Regierung, dann haben sie auch keine Zeit zum Nachdenken.

Das ist das Problem mit dem Geld. Wir haben grundsätzlich gute Systeme. Wir haben einen Sozialstaat, der gute Ansätze hat. Es hört nur bei den ganz Reichen auf. Wenn du genug Geld hast, kannst du auf die Gemeinde gehen und nach einem Pauschalbesteuerungsabkommen fragen. Das ist der Moment, in dem du durch dein Geld so viel Macht bekommst, dass du die Gesetze aushebeln kannst. Ich habe mir schon überlegt, eine Initiative zu lancieren, die Pauschalbesteuerungsabkommen und Briefkasten-Firmen zu verbietet. Es kann doch nicht sein, dass die Pauschalsteuergelder aller Reichen schlussendlich in Zug landen? Kein Wunder ist dort der Steuerfuss gering. Wenn alle Menschen gleich behandelt würden und man sich nicht von der gerechten Steuer günstiger freikaufen könnte, würde dem Staat viel mehr Geld zur Verfügung stehen und man könnte die Steuern für die Mittelschicht vermutlich sogar um einiges senken."

„Wenn wir das gesetzlich so regeln, dann wird der reiche Mann einfach ins Ausland gehen und wir haben gar keine Steuern mehr von ihm."

„Im ersten Moment wäre das so, ja. Aber wir müssen aufhören, uns von den Reichen erpressen zu lassen. Dann sollen sie halt gehen. Dadurch hat dann ein anderer, ehrlicher Schweizer die Chance darauf in dieser Lücke erfolgreich zu werden und zahlt wieder Steuern. Es werden nicht alle gehen, die viel Geld verdienen. Die Schweiz als Land und hier zu leben gefällt nun mal auch vielen Leuten. Und die, die nur des Geldes wegen hier sind, können von mir aus sehr gerne gehen.

Dieses System kann auf Dauer nicht funktionieren, das müssen wir erkennen! Im Moment glauben noch viele Menschen daran. Sie sind die Batterien, die die Elite ausnimmt. Die Menschen werden benutzt, ihnen wird eingeredet, dass es Gerechtigkeit gibt. Frag mal einen Syrer, der eine Immobilie in Damaskus hatte. Sie war etwas wert. Jetzt liegt sie in Schutt und Asche. Jetzt kann er diesen Schaden aber nicht seiner Hausratversicherung oder der Rechtsschutz anmelden, denn diese wurden ebenfalls zerbombt und die Mitarbeiter sitzen in München in den Turnhallen. Das ist die Gerechtigkeit die Syrer erfahren haben. Sie werden enteignet. Vielleicht warst du vorher Geschäftsmann oder hast als Angestellter gut verdient. Jetzt hast du keine Identität mehr, du bist einfach nur noch ein Flüchtling. Teil der grabschenden Masse und kein Individuum mehr. Und leider gibt es so viele Leute, die müssten zuerst selbst Flüchtling werden, damit sie sich das vorstellen könnten.

Ich finde ja, Assad sollte die USA auf Schadenersatz in Millionenhöhe verklagen und die Europäer sollten ihn unterstützen, das ist ja sonst eher das Hobby der Amerikaner.

Sie könnten die Schäden an den Immobilien in Syrien nach dem Verursacherprinzip den USA in Rechnung stellen. Wenn wir etwas von ihnen kaputt machen würden, würden sie das sicher ebenso tun.

Dann könnte Syrien mit diesem Geld wieder neu anfangen und das Flüchtlingsproblem bei uns wäre entschärft, alle wären glücklich. Naja, die Syrer, die Familie und Freunde verloren haben, vielleicht nicht so, aber sie könnten wenigstens nach vorne schauen."

„Dann fasse ich das mal zusammen. Wir sind also im Moment auch nur Teil dieses grossen perfiden Spiels um Macht und Geld? Dann wäre die Matrix ja praktisch eine Metapher, in der wir wie Batterien sind, die nur den Zweck erfüllen, die Reichen noch reicher zu machen?"

„Ganz genau! Und die Medien spielen mit. Die Gesellschaft lässt sich blenden. Uns wird eingeredet, wir seien etwas Besseres. Wir sind der Westen mit den christlichen Werten. Sogenannte Gutmenschen, das Unwort des Jahres, muss man nicht ernstnehmen, sie machen einem nur ein schlechtes Gewissen. Sie meinen, man könnte die Welt verbessern! Was können wir denn dafür, dass die Kinder in Afrika verhungern? Wenn man das System einmal durchschaut hat, merkt man, dass nicht du und ich etwas dafür können. Sehr wohl aber die stinkreichen Säcke, wie Newman. Gerade mal 62 Menschen auf dem Planeten haben so viel Geld, wie 50 Prozent der Bevölkerung. Wenn das reiche 1 Prozent, das 99 Prozent des Geldes besitzt, auch nur einen Bruchteil der Steuergelder abgeben würden, die dem Staat zusteht, müsste die Mittelschicht nicht einmal etwas abgeben und wir könnten mit Entwicklungshilfe verhindern, dass Kinder verhungern müssen. Dass es auf der Welt Krieg und Hunger geben muss, ist eine Lüge des reichsten 1 Prozents.

Dass muss die Mittelschicht einsehen. Es geht nicht darum, ihnen, also uns, etwas wegzunehmen, sondern eben diesem 1 Prozent, dann hätten sie immer noch mehr als genug. Und wenn die restlichen 99 Prozent dafür stimmen würden, hätten wir etwas erreicht. Und da kann die Bevölkerung etwas ändern. Wir haben Demokratie, wir haben die Möglichkeit Initiativen zu starten!

Das ist etwas, was mir immer wieder Hoffnung gibt. Heute haben wir wesentlich mehr Möglichkeiten uns zu informieren und frühzeitig zu reagieren. Dank Facebook und Co. sind wir der Regierung eben nicht mehr hilflos ausgeliefert, wir können uns vernetzen, Demonstrationen organisieren, auf uns aufmerksam machen. Wir, das Volk, können den 3.

Weltkrieg verhindern und wir müssen nichts weiter tun als uns informieren und darüber reden.

Es gab schon immer mutige Menschen, die sich mit aller Kraft für das Gute eingesetzt haben, die es nicht für richtig hielten, zu lügen und zu töten. Es gibt diese Menschen auch heute noch. Die Frage ist nur, kämpfen sie weiter?"

„Gehören wir zu den Guten?"

„Ja, ich denke schon! Vielleicht nicht gerade so gut wie Schindler, aber im Rahmen unserer Möglichkeiten tun wir unser Bestes. Ich zumindest, du kannst dir das ja nochmal überlegen." Sie zwinkerte. Dann deutete sie Richtung Küche: „Ich hol mir noch einen Kaffee, kann ich dir auch noch einen bringen?"

„Du bringst mir Kaffee? Sehr gerne!" Finn lächelte.

Während er wartete, fiel sein Blick auf den Papierkorb neben Sharons Schreibtisch. Ein Zettel erregte seine Aufmerksamkeit. Er war mit ausgeschnitten Buchstaben aus der Zeitung zusammengeklebt. Finn fand drei weitere Stücke und fügte das A4-Blatt zusammen. Es war ein Drohbrief: „Sharon Schlampe! Kümmere dich lieber um Wale anstatt um Weltpolitik, ansonsten könnte dein Leben kürzer ausfallen, als dir lieb ist!"

Die zusammengefügten Teile lagen vor ihm, als Sharon mit dem Kaffee zurückkam. Finn blickte sie an. Sie sah, was er gefunden hatte und ihr Blick wurde düster: „Durchsuchst du jetzt meine Abfalleimer?"

„Du kontrollierst meinen Aufenthaltsort per GPS, also kannst du dich darüber nicht beschweren! Aber wieso wirfst du sowas einfach weg? Das ist eine Morddrohung!"

„Nicht ernstzunehmend! Irgendwelche Spinner, die mir damit Angst machen wollen. Ich lasse mir keine Angst machen!"

„Aber vielleicht solltest du damit zur Polizei gehen? Sie könnten es zumindest untersuchen, vielleicht würden sie den Verfasser ausfindig machen können?"

Sharon wischte die Stücke mit einer Hand weg, verknüllte sie und warf sie zurück in den Papierkorb: „Nein! Ich weigere mich solche kindischen Drohungen ernst zu nehmen. Punkt!"

Sie sprach diese Worte mit einer Nachhaltigkeit, der er nichts zu entgegnen wusste.

„Es ist sowieso bald Zeit. Ich habe nachher noch ein kurzes Meeting mit einer Presseagentur, danach gehen wir Mittagessen. Wir treffen uns dann direkt bei der Messe Zürich. Hast du die Krawatte dabei?"

Finn liess sich nur widerwillig vom Thema ablenken, aber er konnte Sharon wohl hier und jetzt nicht überzeugen, also lenkte er ein und zog die rote Krawatte aus seiner Jackentasche. Sie war leicht zerknittert. Sharon nahm sie ihm aus der Hand und bat ihn aufzustehen. Sie legte ihm den seidenen Stoff um den Hals und so sehr er sich dagegen sträubte, er genoss die zärtlichen Berührungen. Sie stand sehr nahe bei ihm, während sie konzentriert versuchte einen eleganten Knoten zu binden. Er konnte den lieblichen Duft ihrer Haare wahrnehmen, sein Blick fiel auf ihren zarten Hals. Seine Nackenhärchen stellten sich auf. Einen Moment lang blickte sie hoch in seine Augen und ihre Finger blieben still. Ihre Blicke trafen sich. Dann knotete sie weiter. Schliesslich senkte sie ihre Arme und ihrem Gesicht war ein mühseliger Ausdruck zu entnehmen. In einer Ecke befand sich ein langer Spiegel, Finn musterte sich darin. Der Knoten sah grässlich aus. Er lachte und blickte Sharon fragend an.

„Vielleicht lassen wir das mit der Krawatte doch lieber sein."

Wieder begann sie an seinem Hals herumzufingern und löste den Knoten, öffnete dafür einen weiteren Knopf seines schwarzen Hemdes. Sie warf die

Krawatte auf ihren Schreibtisch und schmunzelte: „So siehst du auch ganz passabel aus."

Die Pressekonferenz

Finn stand vor der Messe Zürich und kam mit dem Ausweis, den ihm Sharon gegeben hatte, problemlos an der langen Schlange von Journalisten und Zuschauern vorbei. Die Konferenz fand im Erdgeschoss statt. Er schlängelte sich durch die Menge und suchte Sharon. Schliesslich entdeckte er sie, wie sie sich gerade mit einem jungen Journalisten unterhielt. Er war mit „SF" beschildert. Flirtete er mit ihr? Finn versuchte zu unterdrücken, dass bei diesem Gedanken eine leichte Eifersucht in ihm aufstieg. Schnell ging er zu ihr hin und begrüsste die beiden. Kurz darauf wurde sie vom Organisator gerufen, es ging los.

Sharon nahm an einem langen Tisch neben ein paar anderen Journalisten Platz. Sie mussten abwechselnd Fragen beantworten zu verschiedensten aktuellen Ereignissen. Finn fand die Fragen langweilig, sie bezogen sich bis auf wenige Ausnahmen hauptsächlich auf Innenpolitik. Das übliche politische Geplänkel, wässrige Argumente, viel Reden ohne Inhalt. Bis schliesslich ein Reporter eine Frage an Sharon richtete: „Frau Wittaker! Ihre Aussagen sind jeweils sehr kontrovers. Ich kann keine klare Gesinnung erkennen. Wen sympathisieren Sie denn jetzt, eher die SVP oder die SP? Es war das erste Mal, dass sie eingehend zu Wort kam: „Meine Aussagen sind nicht kontrovers, wenn man versteht, was ich meine. Ich unterscheide nicht zwischen links und rechts, ich unterscheide Menschen, die nachdenken, von solchen die nur aus einem Bauchgefühl heraus oder der eigenen Profilierung Willen politisieren. Und Menschen, die nachdenken gibt es auf beiden Seiten. Bin ich der Meinung, dass wir Menschen, die vor Krieg und später vor den unhaltbaren Zuständen in den Flüchtlingslagern zu uns flüchten helfen müssen? Selbstverständlich! Bin ich der Meinung, dass der Schweizer Franken, wesentlich mehr bewirken könnte, beispielsweise im Libanon? Ja! Wenn wir über Empathie reden, bedeutet das für mich nicht nur, die Flüchtlinge die hier ankommen, angemessen zu behandeln. Es bedeutet für mich auch, mir vorzustellen, dass während ich spazieren gehe, Drohnen über Zürich kreisen und sie jederzeit jeden ohne Anklage erschiessen könnten. Dass ich von einer Minute auf die andere mein Zuhause verlassen muss wegen eines Bombenalarms. Vielleicht hätte ich Kinder und Haustiere. Ich würde auch mein Handy mitnehmen, vermutlich im Stress das Ladekabel vergessen. Aber ich möchte die Menschen, die mir lieb sind anrufen! Ich möchte wissen, ob sie noch leben und mich mit ihnen treffen. Und ich finde, es ist unsere Pflicht, darüber nachzudenken, was wir tun können, dass keine Familie solchen Horror durchleben muss. Dann müssten die Menschen nicht flüchten und die SP und die SVP und alle anderen wären zufrieden.

Sehen Sie, das ist das Problem. Die Menschen sind nicht grundsätzlich verschiedener Meinung. Sie haben einfach unterschiedliche Gedankengänge. Und wenn wir mehr miteinander reden und einander zuhören würden, würden wir sicher oft feststellen, dass wir die Gedanken des anderen verstehen und sie sich mit den unseren nicht ausschliessen. Deswegen lege ich den Menschen ans Herz sich zu informieren und sich auszutauschen."

Ein anderer Reporter stand auf und fragte: „Frau Wittaker, wie sehen Sie denn das mit der Integration? Eine Menge Leute machen sich Sorgen, dass Muslime nicht in unsere Gesellschaft passen und fürchten sich vor Islamisierung. Nehmen Sie diese Bedenken ernst?"

„Ich nehme Bedenken grundsätzlich ernst. Oft begegnen mir Aussagen, dass Multikulti nicht funktionieren kann. Ich finde das lustig, wenn gerade jemand in der Schweiz das sagt. Einem Land mit vier Landessprachen, einem Juden-Viertel und vielen Moscheen. Die Schweiz macht's ja vor, wie friedliches Zusammenleben möglich ist.

Selbstverständlich habe ich auch zum Thema Islam recherchiert, mich mit Muslimen darüber unterhalten und es wurde mir von vielen Seiten bestätigt. Die meisten Muslime beschäftigen sich nicht gross mit ihrer Religion, geschweige denn haben sie den Koran gelesen. Ihre Bräuche beziehen sich darauf, was ihre Eltern ihnen mitgegeben haben. Es ist wie bei uns, alle heucheln sie christliche Werte und gleichzeitig haben sie Kinder ohne verheiratet zu sein, sind eher weniger in der Kirche und wissen nicht, ob jetzt an Ostern einer gestorben oder auferstanden ist, Hauptsache zwei Tage frei. „Die christlichen Werte", die bei uns so hoch angepriesen werden, sind nichts weiter als die Werte, die auch in anderen Religionen vermittelt werden: Schlichte Menschlichkeit!"

Danach folgten weitere inhaltslose Fragen. Er war froh, als es vorbei war und freute sich auf den anschliessenden Apéro. Da Sharon noch mit diversen Leuten händeschüttelte, Küsschen verteilte und Smalltalk betrieb, holte er sich schon mal ein Glas Weisswein und machte es sich an einem der kleinen runden Apéro-Tischchen mit niedlicher weisser Tischdecke gemütlich. Drei Mitarbeiter, der SI, gesellten sich kurz zu ihm, verliessen die Messe aber schon bald, sie hatten noch andere Pläne an diesem Abend. Er war schon beim dritten Glas, als sich Sharon zu ihm gesellte und mit ihm anstiess: „Ist ganz gut gelaufen."

„Findest du? Ich fand's langweilig!" Da sprach wohl etwas gekränkter Stolz aus ihm. „Das was du über Empathie und Muslime gesagt hast, fand ich allerdings sehr gut! Mit diesen Worten wirst du viele Menschen zum Nachdenken bringen können."

„Denkst du? Mit jeder solcher Konferenz kann ich vielleicht ein, oder zwei anwesende Menschen zum Nachdenken bringen, mehr nicht. Ich nehme trotzdem immer wieder daran teil. Jeder einzelne zählt."

„Wieso sagst du das? Deine Worte werden doch gedruckt und von Menschen gelesen werden?"

„Meine Worte werden nicht gedruckt. Ich fordere Menschen dazu auf, ausserhalb des gewohnten und durch die Presse vorgegebenen Rahmens zu denken und sich zu informieren. Das ist so gar nicht im Sinne der Regierung und des Überwachungsstaates. Oder hast du vorher schon mal etwas von mir in den Mainstream-Medien gehört oder gelesen? Hast überhaupt schon mal etwas von mir gehört, bevor du dich bei der SI vorgestellt hast?"

Finn musste zugeben, dass es nicht so war.

Sharon zuckte mit den Schultern: „Es spielt keine Rolle. Ich kämpfe weiter! Wie gesagt, jeder einzelne zählt. Bist du eigentlich mit dem Auto da?"

„Nein, ich hab eins, aber um in Zürich von A nach B zu kommen, sind die Öffentlichen wesentlich bequemer."

„Ich hab mich heute auch für die Öffentlichen entschieden." Sie zwinkerte und nahm einen ordentlichen Schluck Weisswein: „Dann habe ich ja vielleicht heute Gelegenheit, dich etwas besser kennenzulernen. Alkohol macht ja bekanntlich ehrlich!"

„Was möchtest du denn wissen?"

„Carter! Kein Schweizer Name. Wie kommt's?

„Mein Vater ist Amerikaner. Er ist vor über 30 Jahren aus beruflichen Gründen in die Schweiz gekommen, lernte meine Mutter kennen und alles Weitere lief, wie solche Dinge so laufen."

„Deine Mutter ist Schweizerin?"

„Ja! Meine Eltern leben in einem Einfamilienhäuschen in Rapperswil. Was ist mit Sharon Wittaker?"

„Auch amerikanisch. Ich habe nicht mal den Schweizer Pass. Absurd, nicht? Ich rede andauernd über Politik, darf aber nicht mal wählen. Meine Eltern und ich sind erst in die Schweiz gekommen, als ich 16 war."

„Echt? Aber du sprichst perfekt Schweizerdeutsch?"

„Ich lerne schnell. Ich musste schnell lernen."

Finn war verwundert: „Wie meinst du das? Weswegen seid ihr in die Schweiz gekommen, war das nicht länger geplant?"

„Nein, im Gegenteil. Es war sehr plötzlich. Es wirkte wie eine Flucht. Das ist wahrscheinlich auch der Grund, warum ich so verbissen in diese Sache bin." Ihr Blick wurde sehr ernst.

„Magst du es mir erzählen?"

„Wir lebten in Florida, sind dort auch schon öfters umgezogen. Mein Vater war Historiker."

„Er war?"

„Er ist tot!"

„Das tut mir leid!"

„Mir auch!" Sie atmete tief ein, als brauchte sie Kraft, um weiterzureden: „2001 nach 09/11 hat sich mein Vater eingehend mit diesen Anschlägen beschäftigt. Er arbeitete eng mit diversen Statikern und Ingenieuren und anderen Forschern zusammen. Schnell fand er erste Unstimmigkeiten und dokumentiere diese, verbreitete sie mit seinen Möglichkeiten im Internet. Ich war damals 14. Er hat mit uns nie darüber gesprochen, ich habe das alles erst später erfahren. Zwei Jahre später sind wir wie erwähnt von einer Woche auf die andere in die Schweiz gezogen. Meine Mutter war zuerst genauso überrascht wie ich. Ich dachte, sie werde ihn noch umstimmen. Einen Tag darauf hatten sie offenbar darüber geredet und meine Mutter war plötzlich genau so überzeugt von der Sache wie er. Also sind wir nach Zürich gezogen. Wir mussten im Eiltempo Deutsch lernen, bald konnte ich zur Schule gehen. Ein Jahr später hatte mein Vater einen Autounfall. Es war nach einem Geschäftsessen. Er ist mit 100 km/h frontal in einen Baum geknallt. Es hiess, er hatte einen Alkoholwert von über 3 Promille im Blut. Ich habe das nie geglaubt. Mein Vater war ein pflichtbewusster Mensch. Er hatte uns und Freunden immer gepredigt, dass es Taxis gibt, wenn man mal zu tief ins Glas geschaut hat. Er wäre nie im Leben betrunken ans Steuer gesessen."

„Er ist dein Vater, das verstehe ich. Aber Menschen tun manchmal Dinge, die selbst für sehr nahestehende Personen nicht nachvollziehbar sind."

Sharon schüttelte den Kopf. Sie hatte glasige Augen: „Nein, es gab keinen Grund, weshalb er das hätte tun sollen. Wir waren glücklich. Er war die Vernunft in Person. Er hätte ein Taxi genommen."

Finn wusste nicht was er antworten sollte, also sagte er erneut: „Das tut mir wirklich sehr leid!"

Sharon nahm nochmals einen tiefen Atemzug und einen grossen Schluck Wein: „Jedenfalls habe ich nach diesem Ereignis begonnen, mich intensiv darüber zu informieren, was mein Vater gemacht hatte. Ich habe alle seine Unterlagen studiert, seine Beiträge im Internet, seine Recherchen und Analysen. Die Lüge um 9/11 lag vor mir wie ein fertiges Puzzlebild. Dort fing es an. In diesem Moment habe ich mich entschieden, mich ebenfalls beruflich der Aufklärung zu widmen. Ich habe Journalismus studiert und den Rest kennst du."

„Was sagt deine Mutter dazu, was du machst?"

„Sie findet es grundsätzlich gut. Sie ist stolz auf mich, dass ich die Arbeit meines Vaters weiterführe, seinen Tod aufzudecken und seine Ehre wiederherzustellen versuche. Aber sie hat auch Angst. Sie sagte einmal zu mir, sie habe schon ihren Ehemann an diese Sache verloren, sie will nicht auch noch ihre einzige Tochter daran verlieren." Sharon zog die Schultern hoch, ihre Augen schweiften traurig in die Ferne.

„Deine Mutter und du denken also, dass die USA für den Tod deines Vaters verantwortlich ist?" Finn fand diesen Gedanken zu absurd.

„Die CIA!" antwortete sie trocken.

„Ok, du hast dich dieser Sache verschrieben. Da bleibt nicht viel Zeit für ein Privatleben. Hast du nicht Angst, dass dein Leben an dir vorbeizieht, ohne dass du selbst eins hattest?"

„Das tut es vielleicht. Aber ich kann die Dinge, die ich weiss, nicht einfach ignorieren. Ich kann nicht heile Welt spielen, wenn tagtäglich Kinder sterben, und ich weiss, dass wir mitverantwortlich sind, weil wir nichts tun. Solche Heuchelei ertrage ich nicht. Ich will nicht die Augen verschliessen, mir den nächstbesten Typen suchen und ein Kind in diese verrückte Welt setzen, um mir dann einzureden, dass alles in Ordnung sei. Während in anderen Teilen der Welt Schreckliches passiert und es langsam aber sicher auf Europa überschwappt. Ich habe die rote Pille gewählt, ohne von Morpheus gefragt worden zu sein. Versteh mich nicht falsch. Ich hätte gerne Kinder. Noch habe ich Zeit dafür. Ich versuche nur, vorher dafür zu sorgen, dass sie in einer friedlichen Welt aufwachsen werden!"

Finn erwischte sich beim Gedanken daran, wie diese Kinder entstehen würden, schnell wieder weg mit diesen Bildern im Kopf: „Was gibt dir diesen Elan, was treibt dich an?"

„Wenn mir manchmal die Energie fehlt, um weiterzumachen, wenn es sich anfühlt, als ob ich gegen Windmühlen kämpfe, höre ich mir von Deichkind „Denken Sie gross!" an. Ein bisschen Grössenwahnsinn kann nicht schaden, dann ist es möglich seine Visionen zu verwirklichen.

Und wenn ich mich alleine fühle, höre ich mir „Seelentherapie" von den Toten Hosen an. Dann fühle ich mich wenigstens von Campino verstanden."

Sie zog die Schultern hoch und lächelte verschmitzt.

„Das kenne ich nicht, höre ich mir bei Gelegenheit an. Ich glaube, jetzt könnte ich erstmal eine Zigarette vertragen."

„Ich komme mit! Lass uns raus gehen!"

Die beiden gingen vor die Türe, er offeriere ihr eine Zigarette und hielt ihr das Feuerzeug hin, dann steckte er sich selbst eine an.

„Danke!"

„Sicher! Darf ich dich noch etwas fragen?"

„Klar, alles was du willst! Ob ich darauf antworte ist eine andere Sache." Sie lächelte wieder. Das gefiel Finn viel besser.

„Warum hast du mir den Job gegeben? Ich hatte keine Ahnung worum es geht, war nicht vorbereitet, kann keine Krawatte binden. Weshalb hast du nicht jemanden angestellt, der sich schon intensiv mit diesen Themen befasst hat?"

„Weil ich nicht jemanden wollte, der es einfach nur weiss. Ich wollte jemanden, der es versteht. Der Hauptgrund war aber tatsächlich, dass du mir Kaffee gebracht hast, obwohl ich eine Frau bin."

„Die Gleichberechtigung ist ja nun in der Schweiz sehr weit fortgeschritten."

„Ist sie das? Nach der Silvesternacht in Köln sind auf einmal unzählige Menschen der Meinung gewesen, dass alle Muslime frauenverachtende Bastarde sind. Aber gab es Beweise dafür? Ich habe recherchiert und darüber berichtet. Die Videos, die es gibt, zeigen Menschen die Silvester feiern. Sie wissen nicht, wie man professionell Feuerwerk zündet, jugendlicher Leichtsinn, aber auf keinem der Videos ist zu sehen, wie Frauen angepöbelt werden. Im Gegenteil, immer wieder wurde bewiesen, dass vermeintliche Beweisvideos und Fotos nicht von Silvester in Köln stammen, sondern in keinem Zusammenhang standen und in früheren Artikeln zu ganz andern Themen schon aufgeführt wurden. Ich habe auch Berichte von Frauen gelesen, dass sie von den Männern eher beschützt wurden und sie versucht haben, ihnen aus dem Gedränge zu helfen. Sicherlich, es gab Anzeigen, hauptsächlich wegen Diebstahl. Und gemäss meiner Recherche hat es tatsächlich eine versuchte Vergewaltigung gegeben. Wer der Täter war, darüber wurde nie berichtet. Ich halte es sogar für möglich, dass ein paar junge Männer bezahlt wurden dafür, ein bisschen Radau zu machen. Wenn man Angst hat, kann man nicht klar denken. Diese Menschen verstehen etwas von Psychologie und Manipulation der Masse. Die Menschen redeten vermutlich zu viel über TTIP und die dort drohenden

48

Gefahren, also schnell die Angst wieder gegen die vermeintliche Gefahr „Flüchtlinge" richten. Die angeblich unzähligen „Grabschereien" wurden völlig aufgebauscht, um es so darzustellen, dass Muslime grundsätzlich Frauen als Freiwild sehen. Dabei sind schlicht und einfach betrunkene Männer das Problem. Deutsche oder Schweizer Männer können ebenso gaffen und grabschen. Das weibliche Barpersonal in Mallorca könnte zum Beispiel auch ein Einreiseverbot für junge deutsche Männer fordern.

Die Gleichstellung ist bei uns nicht so weit fortgeschritten, wie uns das die Medien weissmachen wollen. Das Frauenstimmrecht wurde in der Schweiz erst 1971 eingeführt, im Kanton Appenzell Innerrhoden als letztem Kanton sogar erst 1990. Im Vergleich dazu dürfen in Russland Frauen seit 1917 wählen. Das ist das Kontroverse daran. Alle reden sie immer davon, wie der Islam Frauen unterdrückt. Es ist aber nicht eine Religion, die Frauen unterdrückt, es ist die Gesellschaft. Ich werde teilweise von Männern belächelt, die nicht die geringste politische Ahnung haben, einfach nur weil ich eine junge Frau bin. Was ich weiss, spielt dabei überhaupt keine Rolle. Wäre ich ein älterer Mann, sähe das ganz anders aus. Ich begegne andauernd Paaren, bei denen der Mann das Sagen hat. Die Männer bestimmen, ob die Frauen arbeiten gehen sollen, wie die Rollenverteilung ist, wer sich um die Kinder zu kümmern hat. Unsere Gesellschaft lobt sich diesbezüglich dem Islam weit voraus zu sein? Ein Witz! Es sind Männer, die Frauen unterdrücken, nicht Religionen."

„Es gibt auch Frauen, die Männer unterdrücken. Nicht gerade starke Männer, aber auch das gibt es." witzelte Finn.

„Natürlich gibt es das. Es ist nun mal aber so, dass Männer Frauen körperlich überlegen sind. Wenn dann noch eine entsprechende Erziehung hinzukommt, die Mutter sich dem eigenen Sohn schon fast unterwirft und neben dem Muttersein keine eigene Identität mehr hat, dann noch der Vater dementsprechend mit der Mutter umgeht, wie soll da ein modernes Frauenbild entstehen? Da kommen Machos bei raus!"

„Ja ok, ein durchschnittlicher Mann ist einer durchschnittlichen Frau körperlich überlegen. Das heisst ja aber noch lange nicht, dass er diese Tatsache ausnutzen oder gegen die Frau einsetzen muss."

„Nein, das tun Männer wie du vermutlich auch nicht. Es gibt aber auch andere."

„Dann müssen die Frauen sich wehren. Es ist ja nicht nur der Mann, der die Frau ungerecht behandelt, es ist auch die Frau, die es mit sich machen lässt."

„Selbstverständlich! Aber dazu muss diesen Frauen erst einmal bewusst werden, dass es eben im hochgelobten Westen auch eine Unterdrückung der Frau gibt. Also geht es wieder um Aufklärung."

„Du kritisiert also nicht die körperliche Überlegenheit des Mannes an sich?"

Sharon lächelte verführerisch: „Nein, natürlich nicht. Es gibt Situationen, in denen Frauen diese körperliche Überlegenheit der Männer durchaus geniessen. Die Frau soll aber im 21. Jahrhundert selbst entscheiden dürfen, welche Situationen das sind!"

Er schaute sie einen Moment lang an, ohne etwas zu sagen. Konnte die Frau nicht endlich aufhören, ständig Kopfkino bei ihm zu verursachen? Schliesslich wagte er mit einem verwegenen Lächeln die Worte: „Welche Situationen wären das denn beispielsweise?"

Sie rollte die Augen und antwortete mit einer unüberhörbaren Ironie: „Ich meine selbstverständlich das Hochtragen von Einkaufstüten!"

Finn schmunzelte und wieder sagten sie beide nichts und schauten einander nur in die Augen. Sie stand nahe bei ihm, ihr Haar inzwischen offen, über die linke Schulter fallend, legte es ihren zarten Hals frei. Sie war wunderschön. Am liebsten hätte er sie jetzt einfach geküsst. Aber er zögerte, dazu war er nicht betrunken genug.

Der Augenblick wurde unterbrochen durch den Organisator der Pressekonferenz. Er bat Sharon herein, Anton Newman wolle noch kurz mit ihr ein paar Worte wechseln. Sharon folgte ihm, warf Finn nur einen kurzen Blick zu. Er folgte ihr ebenfalls und fühlte sich dabei wie ein Hündchen, das seinem Herrchen nachtrottete. Sie liefen auf Anton Newman zu und Sharon begrüsste ihn: „Herr Newman, lange nicht gesehen." Sie schien nicht sonderlich erfreut darüber, ihm zu begegnen.

„Die Freude ist ganz meinerseits, Frau Wittaker."

„Mein neuer Assistent, Finn Carter." Sie deutete auf Finn und sie reichten sich die Hände.

„Sehr erfreut!" strahlte Newman mit einem aufgesetzt wirkendem Lächeln.

„Meinerseits!" Das war gelogen. Ein schmieriger Typ mit einem laschen Händedruck, dachte Finn.

Newman wandte sich wieder an Sharon: „Die Pressekonferenz war ein Erfolg, wie ich hörte. Das freut mich. Sie haben sich aber wie schon oft sehr negativ über die USA und die CIA geäussert, wenn heute auch nur nebensächlich. Diese Tatsache freut mich natürlich überhaupt nicht, können Sie sich vorstellen."

„Das kann ich mir tatsächlich vorstellen! Sie haben sich ja auch nie wirklich dazu geäussert, ob Sie noch bei der CIA sind."

„Ich als CIA-Agent in der Schweiz? Das glauben Sie ja wohl selbst nicht. So eine schlechte Meinung scheinen Sie über mich zu haben. Dabei wollen die USA doch nur das Beste für alle Menschen auf diesem Planeten, das kann ich Ihnen versichern!"

„Natürlich, darum heisst es auch nur „God bless America!" und nicht etwa „God bless the earth!" Sharon wirkte genervt.

„Es tut mir wirklich sehr leid, dass sie so schlecht von den USA denken. Zumal Sie selbst Amerikanerin sind. Ich bin gerne bereit, die eine oder andere Diskussion mit Ihnen zu führen, vielleicht kann ich Ihre Meinung über Ihre eigene Herkunft ja etwas verbessern. Melden Sie sich einfach bei mir." Er setzte das breiteste Lächeln auf, das er hinkriegen konnte und verabschiedete sich.

Sharon drehte sich wieder zu Finn um und war wütend: „Jetzt brauch ich erst recht was zu trinken. Was hältst du von einem Abstecher an die Langstrasse auf einen Absacker?"

Sie ist süss, wenn sie wütend ist, dachte Finn. Seine Vernunft hielt ihn aber davon ab mitzugehen: „Tut mir leid, ich denke, ich werde nach Hause gehen. Reg dich bitte nicht zu sehr auf, ja?" Er verabschiedete sich.

Auf dem Nachhauseweg überlegte er sich, woher er die Vernunft genommen hatte, nicht mit ihr weiterzuziehen. Es war glasklar, worauf das hinausgelaufen wäre. Aber sie war seine Chefin. Und er wollte den Job nicht gleich wieder verlieren, nur weil er seine Hormone nicht im Griff hatte. Und es sollte nicht so aussehen, als ob er es ausnützen würde, dass sie ein paar Gläser Wein getrunken hatte und wütend auf Anton Newman war. Es gibt unzählige schöne Frauen in Zürich, es musste nicht sie sein. „Nicht heute" relativierte das Teufelchen in seinem Kopf. Auf jeden Fall war er heute stolz auf sich.

Zuhause legte er sich in sein Bett und hörte sich Seelentherapie an. War das ihre Vorstellung von Liebe? Wie schön, dachte er und schlief mit einen Lächeln auf den Lippen ein.

Die Mittel der CIA

Sharon war durch die kalte Absage von Finn verunsichert und sie fragte sich, ob sie was Falsches gesagt hatte. Sie versuchte darüberzustehen und ging ebenfalls nach Hause. Am nächsten Morgen war sie wieder früh im Büro. Immer wieder kam ihr Finn in den Sinn. Wenn sie Kaffee holte, fiel ihr Blick auf seinen Schreibtisch, der auch heute leer war.

Gegen Abend nahm sie sogar ihr Handy und war kurz davor auf den grünen Knopf zu drücken, um ihn anzurufen. Ihr wurde klar, dass sie gar nicht wusste, was sie sagen würde, also liess sie es bleiben und arbeitete weiter. Sie wollte bis zum Wochenende einen aktuellen Bericht über die Gefahren für die Demokratie von TTIP fertig haben, der nächste Woche erscheinen sollte. Sie arbeitete bis längst alle Mitarbeiter gegangen waren, aber der Bericht wollte nicht so richtig gelingen. Vielleicht hatte er eine Freundin? Vielleicht war das der Grund für seine Zurückweisung? Der Gedanke traf sie wie ein Stich ins Herz und sie versuchte, nicht darüber nachzudenken. Eigentlich rauchte sie nicht oft. Sie hatte aber in einer Schreibtischschublade ein Päckchen liegen für spezielle Fälle. Heute war ein spezieller Fall. Sie konnte sich einfach nicht richtig konzentrieren. Was war denn bloss los mit ihr?

Sie hatte in ihrem Büro einen kleinen Kühlschrank mit Erfrischungsgetränken. Eine Flasche Chardonnay stand auch darin. Sie nahm sich ein Glas und ging mit einer Zigarette auf ihren Balkon mit der eindrücklichen Aussicht über Zürich. Sie dachte über Finn nach. Sie mochte ihn. Er war ihr sympathisch vom ersten Moment an als er ihr die Hand schüttelte und sie mit grossen, strahlend blauen Augen voller jugendlichem Unwissen ansah. Seine unbekümmerte, unkonventionelle Art, wie er sich ohne Krawatte oder irgendeiner Vorbereitung hier bei ihr vorstellte. Dieser Mann nahm sie ernst, ohne Vorurteile, ohne das übliche Halbwissen. Er gab einfach zu, dass er nichts wusste und wirkte dabei so sexy. Er holte ihr

Kaffee und er sah nun wirklich auch nicht schlecht aus. Gross, stark, männlich und strahlte dabei doch eine gewisse Sanftheit aus. Aber was genau fand sie so anziehend an ihm? War es nur die Tatsache, dass er sie ernst nahm und so schnell verstand, was sie meinte oder war sie auf dem besten Weg dazu, sich in ihn zu verlieben? Wollte sie das überhaupt? Würde das in ihr momentanes Leben passen? Bis vor kurzem hätte sie dies mit nein beantwortet. Aber jetzt fühlte es sich plötzlich wunderschön an. Sie erinnerte sich an das halboffene schwarze Hemd, welches sie nur zu gerne weiter aufgeknöpft hätte. Sie musste lächeln.

Sie drückte die Zigarette aus, ging wieder an ihren Schreibtisch und stellte das Weinglas ab. Sie wischte mit einer kurzen Bewegung der Maus den Bildschirmschoner weg und starrte mit leerem Blick auf ihren Artikel. Heute wird das nichts mehr, dachte sie. Also blickte sie gedankenverloren in ihrem Büro umher, bis ihr Blick auf die dunkelrote Krawatte fiel, die von gestern Nachmittag noch auf ihrem Schreibtisch lag. Sie nahm sie in die Hand und fuhr mit ihren Finger über den seidigen Stoff. Sie biss sich leicht auf die Lippen und gab sich ihren Tagträumen hin.

Abrupt wurde sie aus ihren Gedanken gerissen, als sie Geräusche aus dem Flur wahrnahm. Das war komisch, normalerweise war sie um diese Zeit alleine im Gebäude, zumindest auf diesem Stockwerk. Sie erkannte die Umrisse eines Mannes, der den Flur entlang kam. Er öffnete die Tür, dann erkannte sie sein Gesicht. Es war Anton Newman. Sie stand auf und fragte empört: „Was zum Teufel machen Sie denn hier?"

„Guten Abend Sharon!"

„Ich kann mich nicht daran erinnern, dass wir per du sind. Wie sind Sie hier hereingekommen?"

„Oh, die Dame legt Wert auf Höflichkeit, nun gut. Sie arbeiten doch eng mit Anonymous zusammen. Denken Sie wirklich, das sind die Einzigen die hacken können? Die CIA hat auch gute IT-Leute! Und Ihr Zugangssystem hier ist nun wirklich nicht das was man Hochsicherheit nennen kann!"

„Sie geben zu, dass Sie für die CIA arbeiten?"

„Natürlich tue ich das! Ich möchte aber nicht, dass das die Leute wissen. Deswegen stört es mich, dass Sie darüber reden!"

„Das kann ich mir vorstellen! Ok, die CIA kann hacken! Sind Sie deswegen hier? Um mich auf eine Unzulänglichkeit in unserem Sicherheitssystem hinzuweisen? Vielen Dank dafür, ich werde meine Leute damit beauftragen!"

„Mein Besuch hat damit nichts zu tun. Ich möchte mit Ihnen reden und Ihnen ans Herz legen, zukünftig etwas wohlwollender über die USA und die CIA zu berichten."

„Wieso sollte ich?"

„Weil sonst etwas Schlimmes passieren könnte!"

„Ich lasse mir von jemandem wie Ihnen keine Angst machen! Was wollen Sie denn tun? Mich erschiessen? Oder vielleicht ein Autounfall, wie bei meinem Vater? Ich habe viele Leser, einen solchen Tod würden viele Menschen hinterfragen!"

„Da haben Sie Recht! Sie zu erschiessen wäre eine Option. Aber eher die Letzte und tatsächlich eher ungünstig. Die CIA hat vorher noch ein paar andere Methoden."

„Aha!"

Newman ging langsam aber bestimmt um den Schreibtisch herum auf Sharon zu.

Sharon versuchte ihre Stimme nicht zittrig klingen zu lassen: „Bitte, bewahren Sie Anstand! Bleiben Sie, wo Sie sind!"

„Du hast mir nicht zu sagen, was ich zu tun habe. Ich rede mit dir, wie ich es will! Welcher Idiot kam eigentlich auf die Idee euch Weiber arbeiten und wählen zu lassen? Eine Schande, wie weit es die verweichlichte Männerschaft hat kommen lassen.

Denkst du ich habe auch nur den geringsten Respekt vor dir? Versklaven sollte man euch Weiber!"

Sharon schüttelte verständnislos und angewidert den Kopf. Newman ging weiter auf sie zu.

„Ich habe keine Angst vor Ihnen!" log sie. „Sie sind doch ein ehrenwerter Mann!" Sie hatte einen letzten Funken Hoffnung, dass das so war.

Newman kam immer näher, bis sie schliesslich zurückwich und mit dem Rücken zur Wand stand. Er hob seine Hand und versuchte sie zu berühren. Sie schlug ihm die Hand aus dem Gesicht: „Fass mich nicht an!" fauchte sie.

„Du hast also keine Angst vor mir? Bin ich ehrenwert? Im Namen der CIA sehe ich mich so! Dir gegenüber?" Er zuckte mit den Schultern.

Jetzt bekam sie endgültig Angst. Sie begriff, dass sie diesem Mann völlig ausgeliefert war. Alleine in diesem Gebäude, niemand konnte ihr helfen. Sie stand mit dem Rücken zur Wand und beobachtete ihn. Sie hoffte, er wollte ihr nur eine Lektion erteilen und würde einfach wieder gehen. Ihr Herz raste.

Newman musterte sie von oben bis unten. Sein Blick war gierig. Dann musterte er den Schreibtisch. Er hob ihr Weinglas, nahm einen Schluck: „Ein guter Tropfen! Hast du den aufgemacht, um in Stimmung zu kommen? Dann hoffe ich es hat geklappt!" Dann warf er das Glas mit voller Wucht neben ihrem Kopf an die Wand. Es zersplittere, sie erschrak und zuckte zusammen. Er packte ihren Hals: „Du eingebildetes Weibsstück! Du denkst du hast einem Mann wie mir etwas zu sagen? Du bist Nichts! Die Frau, das niedere Geschöpf, so steht es in der Bibel! Dass du es wagst, das Maul aufzureissen, ist unerträglich! An den Herd gehörst du!"

Sie rang nach Luft. Geistesgegenwärtig zog sie ihre Hand auf und rammte ihre Nägel mit voller Wucht in sein Gesicht. Er liess los. Doch der Schmerz war nicht von Dauer. Er packte sie und verpasste ihr mit dem Handrücken eine harte Ohrfeige ins Gesicht, sie fiel zu Boden.

„Mach das noch einmal und ich breche dir das Genick!"

Ihre Lippe blutete und sie rang nach Luft: „Bitte hör auf!" flehte sie. Er zog sie an den Haaren hoch und drückte sie wieder gegen die Wand: „Was denkst du eigentlich, wofür ihr Weiber gut seid? Ihr habt eure Mäuler nicht zum Reden!"

Er legte seine Hand fest um ihren Hals und drückte zu. Ihr wurde schwindelig. Er riss ihre Bluse auf, betatschte sie. Dann griff er zwischen ihre Beine und riss ihre Strümpfe auf. Sie röchelte, ihr wurde schwarz vor Augen. Schliesslich löste er den Griff um ihren Hals, drehte sich um und warf sie bäuchlings auf ihren Schreibtisch. Er legte sich auf sie und drückte sie mit seinem Gewicht herunter. Sie konnte sich nicht bewegen. Er zog ihre Haare nach hinten und flüstere in ihr Ohr: „Dein Vater! Das war ich! Wenn ich damals gewusst hätte, dass aus dir ein solch aufmüpfiges, eingebildetes Weibsstück wird, hätte ich ihm, bevor wir ihn gegen den Baum fahren liessen, noch gesagt, was ich mit seiner Tochter machen werde!"

Sharons Blick war voller Hass. Aber sie versuchte, sich zu retten: „Du wirst damit nicht durchkommen. Ich kann mich untersuchen lassen, man wird nachvollziehen können, wer das war!"

Newman lachte laut auf: „Du hast Dinge erkannt, die uns gefährlich werden könnten. Aber auch du kratzt nur an der Oberfläche.

Wir können Autounfälle verschleiern! Denkst du wirklich meine DNA sei irgendwo gespeichert? Der Überwachungsstaat dient nur dazu, das Volk, die Bauern zu überwachen, nicht aber uns Auserwählten. Manchmal reicht es, den Leuten ein wenig Angst zu machen, sie zu diffamieren oder wir finden eine Leiche im Keller und erpressen sie damit. Oder wir foltern sie. Für dich hab ich mir was ganz Besonderes ausgedacht. Ich weiss noch nicht, ob ich dich umbringen werde oder ob es bei einer Lektion bleiben wird. Vielleicht wirst du dir wünschen, ich hätte dich umgebracht. Dann würde man dich in einer dunklen Gasse finden. Du wärst einfach am falschen Ort spazieren gegangen und niemand wird je herausfinden wer es war. Vermutlich können wir es sogar einem Flüchtling anhängen. Einmal kurz das Gerücht streuen, reicht ja schon. Aber auf mich kommt niemand. Ich kann also alles mit dir machen, was ich will. So lange und so oft ich will."

Er löste sich von ihr und begann seinen Gurt zu öffnen. Sharon begriff, dass er Recht hatte. Ihren Tod würden unter diesen Umständen nur die wenigsten Leute in Frage stellen. Es wäre nichts weiter als eine Schlagzeile, morgen wieder vergessen. Sie hatte Todesangst. Ihr Kopf arbeitete sekundenschnell. Sie blickte hoch, erspähte die Schere in ihren Büroutensilien und griff danach. Blitzschnell drehte sie sich um und rammte sie mit voller Wucht in seinen Bauch. Er krümmte sich vor Schmerz. Seine Hose fiel zu Boden. Sie hievte sich vom Tisch, zog so schnell sie konnte, ihre Pumps aus und rannte los. Sie griff ihre Handtasche, die auf einem der Besucherstühle lag, weil sie wusste, sie würde den Autoschlüssel brauchen. Newman fluchte lautstark und brauchte einen Moment bis er seine Hose wieder hochgezogen hatte. Das gab ihr etwas Vorsprung. Es war ein weiter Weg vom 15. Stock bis in die Tiefgarage. Sie rannte den Flur entlang am Lift vorbei zum Treppenhaus. Nur in Strümpfen rutschte sie um die Etagen immer wieder aus, Newman war ihr dicht auf den Fersen: „Bleib stehen! Glaub mir, ich erwische dich! Und ich bin wütend! Mit jedem Meter, den du rennst, machst du es nur schlimmer! Ich werde dir jeden verdammten Knochen brechen!" schrie er ihr nach. Sie glaubte ihm.

Sharon rannte um ihr Leben. Sie schwang sich um die Geländer so schnell sie konnte. Newman war ausgebildeter CIA-Agent, sie wusste nicht, woher sie den Mut nahm, einem solchen Mann entkommen zu wollen. Entgegen aller Zweifel erreichte sie das 2. UG und schlug die Schwingtür auf. Sie kramte in ihrer Handtasche nach dem Autoschlüssel. In diesem Moment hasste sie sich dafür, eine Frau zu sein. Aber sie fand ihn. Sie drückte den Knopf und ihr Auto gab ein freudiges „Uib, Uib" von sich. Blitzschnell zog sie die Autotür auf, rutschte regelrecht in den Fahrerraum und zog die Türe zu. Sie drehte sich um und drückte die Türverriegelung, nur einen Augenblick bevor Newman die Autotür zu öffnen versuchte. Mit hasserfülltem Blick starrte er sie durch die Scheibe an. Sie blickte kurz zurück in seine mörderischen Augen. Ausser Atem setzte sie sich richtig hin, startete den Motor und fuhr los. Im Rückspiegel sah sie, wie Newman die Hände verwarf und zu fluchen schien.

Sie fuhr so gut sie konnte. Sie zitterte am ganzen Körper. Nach ein paar Hundert Metern hielt sie auf einem Bushalteplatz und schaltete den Warnblinker ein. Sie vergrub ihr Gesicht hinter dem Steuer und begann zu weinen. Sie konnte nichts dagegen tun, die Tränen liefen nur so über ihr Gesicht. Sie verstand nicht, was gerade passiert war, aber war dankbar, dass sie hier in ihrem Auto sitzen und weinen konnte. Nach ein paar Minuten, ein Bus wartete hinter ihr, holte sie tief Luft und nahm sich zusammen. Sie fuhr weiter, bis in die Tiefgarage ihres Wohnblocks.

Sharon schloss die Türe zu ihrer Wohnung auf und warf ihre Handtasche auf den Tresen. Sie konnte noch nicht fassen, was gerade passiert war. Sie ging zu ihrer Bar, nahm sich ein Glas, schenkte sich einen grossen Whiskey ein und kippte ihn herunter. Sie atmete ein paar Mal tief ein und aus, versuchte sich zu beruhigen und die Gedanken in ihrem Kopf irgendwie zu ordnen. Dann fiel ihr Blick auf den Fressnapf ihrer Katze. Er war noch gefüllt. Das war komisch, normalerweise hatte Shiva ihr Futter bis am Abend weg. Sie kam jeweils auch für ein paar Streicheleinheiten vorbei, wenn sie nach Hause kam. Heute nicht. Sharon rief drei Mal nach ihr, doch es tat sich nichts. Also machte sie sich auf die Suche. Sie schaute im Klo nach, im Büro und schliesslich betätigte sie den Lichtschalter in ihrem Schlafzimmer. Ihr

Blut gefror, als sie sie entdeckte. Shiva hatte ein langes Kabel um den Hals und baumelte an der Deckenlampe. Daran befestigt war ein grosser Zettel mit den Worten „Sei lieber ruhig!"

Sharon geriet wieder in Panik. Ihr Herz pochte wie wild und ihr wurde heiss. Sie konnte nicht hierbleiben, sie musste raus aus ihrer Wohnung. Sie schnappte ihre Handtasche, weil ihr geistesgegenwärtig klar war, dass sie ihr Handy brauchen werde. Dann rannte sie so schnell sie konnte aus dem Gebäude.

Wie weiter?

Sie lief barfuss auf die Strasse ohne zu wissen wohin sie wollte. Nur weg, dachte sie. Sie rannte wie eine Verrückte, es regnete inzwischen. Sie hatte immer noch keine Schuhe an, ihre Strümpfe sogen sich mit Wasser voll, es war kalt. Sie lief der Turbinenstrasse entlang bis sie nicht mehr konnte und nach Luft rang. Schliesslich sackte sie in der Nähe des Hoteleingangs des Novotels zusammen und kauerte an die Häuserwand. Die Arme um die Beine geschlungen, der Kopf zwischen den Knien vergraben schluchzte sie. Wieder liefen die Tränen nur so über ihre Wangen.

Ein paar Passanten kamen vorbei und fragten sie, ob sie ihr helfen können. „Gehen Sie einfach weg!" sagte sie mit weinerlicher Stimme ohne den Kopf zu heben. Verschiedene Passanten blieben unweit von ihr stehen, und berieten sich, ob sie die Polizei rufen sollen oder was sie sonst tun könnten. Sie können ja eine weinende Frau nicht einfach hilflos auf dem Boden sitzen lassen. Zwischendurch getraute sich wieder jemand, sich zu ihr niederzukauern und mit ihr zu reden, aber sie schickte alle weg.

Sharon konnte nicht einschätzen, wie lange sie da gesessen hatte und bitterlich weinte. Langsam beruhigte sie sich etwas. Schliesslich begann sie zu zittern, weil sie fror. Sie musste was tun. Hier zu sitzen und zu heulen hilft ja schliesslich auch nichts, wurde ihr bewusst. Sie kramte ihr Handy aus der Handtasche und tippte zitternd auf den Touchscreen. Sie suchte Finns Kontakt und rief an.

Finn sass wie üblich vor seinem Laptop und las gerade einen Bericht über die neuen Beweise dafür, dass die Schüsse gegen die Demonstranten am Maidan nicht von der Regierung, sondern aus den Reihen der vom Westen unterstützten Opposition kamen. Das passt einmal mehr perfekt ins Bild, dachte er, lehnte sich zurück und nahm einen Schluck Bier. Schliesslich öffnete er eine etwas ältere Ausgabe der Swiss Independent. Sein Blick fiel auf das Vorwort, von Sharon Wittaker, Chefredakteurin der Swiss Independent; verfasst, mit dem Titel „Ein paar Gedanken zum Thema": „Ich bin nicht Veganerin, nicht mal ansatzweise Vegetarierin. Ich tue diesbezüglich, was ich mit einfachen Mitteln tun kann. Ich kaufe Freilandeier, Fleisch, das teurer ist als Hundefutter und versuche keine Nahrungsmittel zu verschwenden. Einer meiner Mitarbeiter beschäftigt sich praktisch ausschliesslich mit Themen des WWF's. Ich finde das eine sehr gute Sache, seine Artikel sind wichtig und richtig und passen gut in unser Journal. Die Arbeit von Tier- und Umweltschutzaktivisten schätze ich generell sehr!

Trotzdem finde ich es unerträglich, wenn ich auf Facebook Leute sehe, die posten, dass Menschen, deren zuhause zerstört wurde und die eine lange Flucht hinter sich haben, gefälligst mit einen trockenen Stück Brot zufrieden zu sein haben. Da bleibt mir mein Essen im Hals stecken. Keine halbe Stunde später posten sie dann, dass irgendein armer Hund im Tierheim ein neues liebevolles Zuhause suche, er habe eine schwere Vergangenheit und was das nur für Menschen seien, die Tiere so schlecht behandeln. Jeder Hund hat ein schönes Zuhause verdient. Die Menschen aus Syrien aber nicht? Sind sie jetzt sogar weniger wert als Hunde? Bei solch heuchlerischen Wiedersprüchen kommt dir das Essen dann glatt wieder hoch!

Natürlich bin ich auch dagegen, dass man Tieren wehtut! Ich habe eine Katze, sie ist mein Goldschatz. Dennoch tut es mir mehr weh, wenn ich höre, dass jeden Tag unzählige unschuldige Kinder sterben, als wenn wir über Wale reden. Ich stelle den Menschen über Tiere und Pflanzen, obwohl es auch Lebewesen sind. Ist das rassistisch?

Uns geht es wirklich gut. Ich bin dankbar, in einem Land wie der Schweiz leben zu dürfen. Als Zeichen meiner Dankbarkeit habe ich mich entschlossen, mir Gedanken darüber zu machen, wie es auch anderen Menschen ein bisschen besser gehen könnte.

Und ich möchte den Weltfrieden meiner Lebtage noch erleben dürfen. Ich meine nicht einmal, dass es wirtschaftlich allen so gut geht wie uns, aber zumindest, dass keine unschuldigen Kinder durch Krieg getötet werden oder verhungern müssen, Familien ihr Zuhause verlieren, Frauen von Soldaten vergewaltigt werden. Auch Männer sollen nicht kämpfen und sterben müssen. Sie sollen sich um ihre Frauen kümmern und ihre Kinder zu anständigen Menschen erziehen dürfen. Wenn ich das noch erleben darf, werde ich damit fortfahren, mich um Tiere zu kümmern. Vorher kümmere ich mich um Menschen!"

Sie ist intelligent, eine wunderschöne Frau. Nicht nur äusserlich, dachte er und lehnte sich wieder zurück. Morgen würde er ins Büro gehen. Eigentlich hatte er ja jetzt gar keine konkrete Aufgabe mehr. Er recherchierte den ganzen Tag und ging davon aus, dass dies in Sharons Sinn war. Aber er wollte mit ihr reden. Er wollte sie sehen und sich, wenn sich die Gelegenheit bot, entschuldigen für seinen abrupten Abgang. Vermutlich hatte er sie damit vor den Kopf gestossen.

Dann klingelte sein Handy. Als er „Sharon" auf dem Display sah, lächelte er und ging ran: „Hallo Sharon, bist du auch so spät noch am Arbeiten? Ich habe gerade an dich gedacht!"

„Finn! Zum Glück gehst du ran! Ich weiss nicht, wen ich sonst anrufen soll, ich kann niemandem vertrauen!" Ihre Stimme war zittrig, sie klang aufgelöst.

Finn war verwundert: „Was ist denn los? Hast du geweint? Wo bist du?"

„Bitte hilf mir! Kannst du bitte herkommen? Ich bin vor dem Novotel nahe der SI, weisst du wo das ist?"

„Ich habe ein Navi!"

„Bitte, bitte komm her! Ich weiss nicht was ich tun soll." Sie klang unendlich verzweifelt.

Finn zog die Augenbrauen hoch und verstand nicht, was er hörte, aber er antwortete: „Ja klar, ich komme. Ich brauche circa eine viertel Stunde!"

„Danke! Vielen Dank!" Sie klang erleichtert. Er legte auf. Es war klar, dass er einer Frau, die um Hilfe bat, helfen würde. Also streifte er sich seine schwarze Lederjacke über und machte sich auf den Weg. Er sah schon von weitem eine Traube von Leuten in der Nähe einer blonden Frau stehen, die auf dem Boden kauerte. Er erkannte Sharon. War sie betrunken? Das passte so gar nicht in das Bild, welches er von ihr hatte. Er lief hin und kauerte sich neben sie: „Hey Sharon, was machst du denn hier?"

Er hörte, dass sie weinte und versuchte sie zu beruhigen.

Einer der Passanten sprach ihn an: „Sie sitzt seit über einer halben Stunde da und will sich nicht helfen lassen. Kennen Sie sie? Können wir sie mit Ihnen alleine lassen?"

„Ja, ich kenne sie. Ist in Ordnung, ich kümmere mich um sie."

„Ist das in Ordnung?" wollte sich der Mann bei Sharon rückversichern.

Sie hob leicht den Kopf und nickte. Dann zogen die Passanten langsam ab.

„Komm hoch, du kannst nicht hier auf dem kalten Boden sitzen bleiben!" Er half ihr hoch, sie fiel in seine Arme und schluchzte weiter. Er strich über ihre Haare und versuchte sie zu besänftigen. Sie beruhigte sich allmählich.

„Was ist denn passiert?" Er gab ihr ein Taschentuch.

Sharon löste sich leicht von ihm und putze ihre Nase. Dann sagte sie: „Meine Katze ist tot!"

Finn zog die Augenbrauen zusammen und schaute überrascht. Er überlegte einen Moment, dann sagte er: „Das ist traurig und es tut mir sehr leid! Aber ich habe dich eigentlich nicht für eine Frau gehalten, die nicht weiss, dass Katzen irgendwann sterben."

„Sie ist nicht einfach gestorben, die CIA hat sie umgebracht!"

Finn glaubte seinen Ohren nicht. Jetzt ist sie komplett übergeschnappt oder hat was Falsches genommen, dachte er und fragte explizit nach: „Die CIA hat deine Katze umgebracht?"

„Ja, sie waren in meiner Wohnung und haben sie in meinem Schlafzimmer an der Zimmerlampe aufgehängt!" Sie weinte nicht mehr und sah ihm in die Augen. Sie sah sehr traurig aus.

Er begriff, dass sie das ernst meinte. Jetzt wo sie aufrichtig vor ihm stand und der Blick auf ihren Hals frei wurde, bemerkte er erst die Würgemale. Sein Blick huschte über ihren Körper. Er sah, dass ihre nassen Strümpfe zwischen ihren Beinen aufgerissen waren. Ihrer Bluse fehlten einige Knöpfe, sie hatte sie notdürftig zusammengebunden. An ihren Handgelenken waren blaue Flecken und ihre Lippe war aufgesprungen. Sie war nicht einfach nur betrunken, etwas Schlimmes ist ihr wiederfahren. Er konnte es nur erahnen.

Er berührte ihren Hals und fuhr mit dem Daumen zärtlich über die Würgemale: „Wer war das?"

„Wer war was? Was hab ich denn da? Ich habe noch nicht in den Spiegel geschaut!"

„Entweder sind es sehr kunstvoll aneinandergereihte Knutschflecke, oder es sind Würgemale!" Er sah sie eindringlich an.

Sie blickte beschämt zu Boden.

„Was ist passiert?" fragte er nochmals vehement.

Sie löste den Blick nicht vom Boden und erzählte traurig und leise: „Anton Newman hat unser Türsystem gehackt. Vermutlich nicht er selbst, aber seine IT-Leute. Er hat mich heute in der SI besucht."

Ungläubig starrte er sie an: „Anton Newman hat das getan?"

Jetzt blickte sie ihm in die Augen und nickte. Finn wusste nicht was er sagen sollte, sie tat ihm unendlich leid. Die taffe Frau, die er kennengelernt hatte, wirkte jetzt wie ein Häufchen Elend.

„Kannst du bitte in meine Wohnung mitkommen und die tote Katze in meinem Schlafzimmer herunterholen? Ich ertrage das nicht! Ich kann auch nicht mehr alleine in meine Wohnung!"

Finn atmete tief aus: „Ja, selbstverständlich! Lass uns gehen!"

Sie liefen zurück zu ihrer Wohnung.

„Ist es ok, wenn ich sie in eine Mülltüte tue? Ich hoffe das wirkt nicht pietätslos."

„Nein, ich habe gerade keinen Elan für eine Katzenbeerdigung, so sehr ich sie auch mochte. Unter der Spüle sind welche." Sie setzte sich aufs Sofa und zog die Beine an ihren Körper.

Finn griff sich eine Mülltüte und fragte nach, wo das Schlafzimmer sei. Dann ging er hinein und sein Blick fiel auf die baumelnde Katze mit der eindringlichen Aufforderung zu schweigen an ihr. Er hielt sich die Hand vor den Mund. Er hatte bis jetzt noch eine kleine Hoffnung, dass es wirklich an Alkohol oder Drogen liegen könne, was Sharon gesagt hatte, jetzt war sie weg. Er sah sich die Katze und den Zettel einen Moment lang an, dann schüttelte er verständnislos den Kopf und löste den Knoten an der Lampe, um alles in die Mülltüte zu packen. Sein Blick fiel auf ihr Bett. Er entdeckte die Ecke eines Fotos, das unter der Bettdecke herausragte. Nicht dass er Sharons Privatsphäre ausspionieren wollte, aber es wirkte bewusst platziert, also zog er es hervor. Seine Augen weiteten sich, ein Schauder lief ihm den Rücken herunter. Das Bild zeigte die schlafende Sharon in ihrem Bett. Darüber war ein Schriftzug „Wir beobachten dich! Immer! Überall!"

Er überlegte kurz und warf das Bild dann in die Mülltüte. Es würde Sharon nur unnötig verunsichern, das musste sie nicht sehen. Nicht heute. Das alles war noch kein Beweis dafür, dass die CIA dafür verantwortlich war. Tatsache war aber, dass jemand nachts unbemerkt in ihre Wohnung gekommen ist und ein Foto von ihr gemacht hatte. Das alleine war beängstigend genug. Sie war irgendjemandem offensichtlich gefährlich genug, sie derart zu terrorisieren.

Er ging zurück ins Wohnzimmer. „Wir sollten hier schnellstens weg!"

„Wohin sollen wir denn?" fragte Sharon hilflos.

„Zu mir ist wohl auch keine gute Idee. Wenn sie dich beobachten, haben sie mich vermutlich auch schon im Visier. Wir gehen zum Hauptbahnhof, schliessen unsere Handys in Schliessfächer und suchen uns dann ein Motel. Dann können wir in Ruhe überlegen, was wir als nächstes tun."

„Glaubst du mir?"

„Ob ich dir glaube? Natürlich! Ich gehe wirklich nicht davon aus, dass du dich selbst gewürgt und deine Katze umgebracht hast, um mir ein Märchen aufzutischen!"

Sie nickte und wirkte erleichtert: „Ich hole noch kurz ein paar neue Sachen zum Anziehen. Ich muss duschen! Dann können wir los!"

„Du willst jetzt duschen?"

„Nein, ich nehme mir neue Sachen mit, damit ich im Hotel duschen kann!"

„Ok!"

Sie öffnete ihren Kleiderschrank und blickte auf ihre vielen schönen Klamotten. Sie hatte jetzt so gar keine Lust darauf, sexy zu wirken, also nahm sie sich eine Jogginghose und ein lockeres T-Shirt und legere Kleidung für morgen. Das was sie jetzt anhatte, würde sie in den Müll schmeissen.

Dann machten sich die beiden wie geplant auf den Weg zum Hauptbahnhof. Unterwegs warf Finn die Mülltüte in einen Abfalleimer. War dies eine angemessen Art mit einer toten Katze umzugehen? Natürlich nicht. Aber unter den gegebenen Umständen schien ihm das zweitrangig.

Sie schlossen ihre Handys ein und überlegten, in welche Richtung sie fahren würden, um ein Motel zu suchen.

„Können wir noch eine Flasche Wein besorgen? Ich weiss, Alkohol ist keine Lösung, aber heute habe ich wirklich Lust darauf, mich zu betrinken!"

Finn nickte. Sie holten sich in einem Shop eine Flasche Wein und ein paar Snacks und fuhren dann in Richtung Stadelhofen. Sie entschieden sich für das Hotel Seegarten. Vor der Rezeption kam Finn etwas in den Sinn: „Warte bitte kurz! Es ist so, ich habe gerade nicht so viel Flüssiges! Ich war ja auf der Suche nach einem Job."

„Was willst du mir sagen?"

„Meine Kreditkarte ist gesperrt! Ich habe kein Geld für dieses Hotel!"

Sharon lachte laut: „Na, dann werde ich dir die Nacht wohl spendieren müssen!"

„Das tut mir wirklich leid! Es ist eigentlich nicht meine Art, mich von Frauen einladen zu lassen!"

„Wir hatten das mit der Gleichberechtigung doch schon mal! Es spielt also überhaupt keine Rolle, wer wen einlädt! Ausserdem hab ich dich rausgeklingelt, damit du mir hilfst!"

„Na gut, dann bezahlst du als emanzipierte Frau die Zimmer!" er schmunzelte.

„Genau! Aber reicht auch ein Zimmer? Ich möchte nicht alleine sein! Und es ist günstiger!" Obwohl sie es als Witz zu verpacken versuchte, wirkte sie wieder hilflos.

„Natürlich!"

Sie bezogen ihr Zimmer und Sharon ging duschen. Als sie aus dem Bad kam, hatte sie nasse Haare, trug eine Jogginghose und ein Schlabbershirt. Selbst in diesen Klamotten sah sie unglaublich sexy aus, dachte er.

Dann ging er kurz duschen. Er hatte keine neuen Klamotten dabei, also zog er dieselben wieder an. Er nahm zwei Weingläser aus der Minibar, füllte sie mit der mitgebrachten Flasche und stellte sie vor Sharon, die sich auf die kleine Couch im Zimmer gekuschelt hatte auf den Tisch. Er setzte sich neben sie.

„Danke!" Sie griff danach, stiess mit ihm an und nahm einen grossen Schluck.

Er nippte ebenfalls an seinem Glas. Er sah sie nachdenklich an: „Willst du es mir erzählen? Ich meine, hat er…" er konnte den Satz nicht beenden.

Sie übernahm das für ihn: „Ob er mich vergewaltigt hat? Nein, ich konnte flüchten!"

Ihm fiel ein Stein vom Herzen.

„Es war knapp. Aber das ist nicht der Grund, weshalb ich so ausser mir war." Sie blickte traurig in eine Ecke: „Es ist die Demütigung. Ich habe ihn völlig unterschätzt. Ich mochte ihn ja noch nie, aber das hatte selbst ich ihm nicht zugetraut. Ich glaube wohl zu stark an das Gute in jedem Menschen. Ich konnte mir gar nicht vorstellen, dass jemand so unmenschlich sein kann. Er hat den Mord an meinem Vater zugegeben. Die ganze Art, wie er sich herablassend äusserte. Er war brutal. Die Frau, das niedere Geschöpf, sagte er. Wir haben die Mäuler nicht, um zu reden! Ich bin in seinen Augen wohl kein Mensch und habe kein Recht zu sprechen! So viel hält er von Gleichberechtigung. Das ist das Frauenbild von diesem Arschloch! Er ist ein Sadist und sieht gerne andere Menschen leiden. Versklaven solle man uns, kein Wunder geht jemand wie ich ihm da auf den Kecks."

Finn konnte nur den Kopf schütteln. Wie so oft schon an diesem Abend fand er keine Worte. Er verstand nicht, wie jemand einer Frau so etwas antun konnte. Für ihn waren Frauen etwas Wunderschönes, das es zu beschützen galt, ihre Sanftheit, die weiche Haut, die zarten Lippen.

Er sah sie an. Sie wirkte jetzt gefasst. Sie war stark. Sie musste die Sache verarbeiten, das war klar. Aber sie würde sich davon nicht unterkriegen lassen.

Dann sprach sie weiter: „Ich weiss, du denkst Männer würden ihre körperliche Überlegenheit nicht ausnutzen. Aber was ist, wenn das die meisten Männer nicht so sehen? Was wäre, wenn die meisten Männer eher so sind wie Anton Newman und du die Ausnahme bist und nicht umgekehrt? Es hatte einen Grund, weshalb ich gerade dich angerufen habe."

„Ich glaube nicht, dass die meisten Männer sind wie er! Das ist einfach nicht richtig!"

„Ach ja? Dein Freund zum Beispiel? Redet er ehrenhaft über Frauen? Ich gebe zu, es war nur ein erster Eindruck, aber ich glaube nicht."

Finn sah sie an und konnte darauf nicht antworten. Sie hatte Recht. Rob äusserte sich durchwegs abschätzig über Frauen. Er meinte es sicher nicht böse und er würde nie auch nur ansatzweise einer Frau so etwas antun, wie Anton Newman. Rob hatte schon Freundinnen. Aber irgendwie war nie etwas Ernsthaftes dabei. Er ging auch nicht sonderlich zuvorkommend mit ihnen um. Doch wie Newman war er nicht: „Ok, es gibt vielleicht Männer, die Frauen nicht gleichermassen ernst nehmen oder einfach ein gestörtes Verhältnis zu ihnen haben. Vielleicht haben einige auch mehr Mühe mit selbstständig denkenden Frauen, als andere."

„Es gibt sogar heute noch Männer, die das Wahlrecht der Frauen in der Schweiz in Frage stellen!"

„Das gibt es nun mal auch noch nicht allzu lange. Die meisten Männer würden aber niemals einer Frau so etwas antun!" Er berührte zärtlich ihren Hals und sah traurig auf die Würgemale.

„Ok, da hast du vielleicht recht. Ich darf jetzt auch nicht generell alle Männer schlecht machen. Das wäre ja, wie wenn ich alle Muslime in einen Topf werfe. Ich sage daher, du bist nicht gut, weil du einer bestimmten Nationalität, Geschlechts oder Religion angehörst, sondern du bist ein guter Mensch, weil du etwas Spezielles bist!" Sie lächelte ihn an. Sie hatte ein wunderschönes Lächeln. Er freute sich, dass Newman es nicht geschafft hatte, ihr das zu nehmen.

„Er wollte dich brechen! Du sollst Angst haben und nicht weitermachen. Vielleicht wollte er dich sogar umbringen. Aber du bist stark. Du machst weiter!"

„Bin ich das? Im Moment weiss ich überhaupt nicht, was ich denken soll. Die Sache hat mir gezeigt, dass ich vermutlich mit den abstrusesten meiner Gedanken, die ich noch nicht einmal jemandem erzählt habe, Recht haben könnte."

„Welche wären das?"

Sharon atmete tief ein, das Sprechen fiel ihr schwer: „Unsere Geschichtsbücher, was wäre wenn sie genauso einseitig sind?"

„Das ist jetzt aber tatsächlich etwas weit hergeholt!"

„Ist es das? Nach dem 2. Weltkrieg haben die Gewinner die Geschichtsbücher geschrieben. Nicht dass ich jetzt irgendetwas, das während des zweiten Weltkrieges geschehen ist, gutheissen will. Ich glaube wir sind gar nicht fähig dazu, uns vorzustellen, was damals für schreckliche Dinge passiert sind. Ich rede bewusst von der Zeit bevor der Krieg losging, die beängstigende Ähnlichkeiten zur aktuellen Situation hat. Hitler hat 1939 in Reden, die selbstverständlich nur auf YouTube zu finden sind, auf die imperiale, kriegstreibende Politik der USA aufmerksam gemacht, sich vehement dagegen ausgesprochen. Er hat sich für Frieden eingesetzt und sich gegen den Krieg, in den die USA Deutschland hineinführen wollte, gewehrt. Jetzt kommt eine kommentiere Fassung von „Mein Kampf" auf den Markt. Warum interpretiert jemand anderes, was Hitler gemeint hat? Etwa weil ich nicht selbst denken darf, wenn ich ein Buch lese? Wenn ich ein Buch schreibe, möchte ich auch nicht, dass irgendjemand, der mich nicht gekannt hat, etwas völlig anderes hinein interpretiert. Der Holocaust darf nicht angezweifelt, nicht verharmlost werden. Das ist in Deutschland,

Österreich und auch in der Schweiz gesetzlich verboten. Kannst du auf Wikipedia, wenn auch für politische Themen, weil von den USA gesteuert, ansonsten nicht die richtige Quelle, nachlesen. Nun habe ich Bedenken darüber zu berichten, dass ich aufgrund meiner Recherchen im Internet Zweifel an der offiziellen Vorgeschichte des zweiten Weltkrieges habe. Das ist strafbar, völlig entgegen der allgemein ach so gelobten freien Meinungsäusserung. Viele Deutsche sind bereits Jahre im Gefängnis gesessen, weil sie das gemacht haben. Zeitzeugen, von denen man denken könnte, dass sie besser beurteilen können, was damals passiert ist, als wir Jungen."

„Wir dürfen also nicht einmal über so etwas nachdenken?"

„Richtig! Wir in der Schweiz sind allerdings in einer komfortablen Situation. Den Rest von Europa betrifft die Bedrohung viel direkter. Nicht, dass es uns nichts angehen würde, über kurz oder lang, werden auch wir darunter leiden."

„Was meinst du?"

„Bist du bei deinen Recherchen schon auf TTIP gestossen?"

„Ja, den genmanipulierten Food, den die USA dadurch exportieren könnten, wollen wir nicht. Wenn das kommt, hole ich mir mein Essen von einem Schweizer Bauer höchstpersönlich."

„Es tut mir leid, dich enttäuschen zu müssen. Du isst bereits genmanipulierten Produkte, vermutlich jeden Tag. Und wie ungesund das Zeug ist, zeigt sich darin, dass in Argentinien und Brasilien, die schon viel mehr dieser Produkte verwenden, erste Säuglinge daran gestorben sind oder missgebildet zur Welt kamen. Krebserkrankungen nehmen in einem drastischen Ausmass zu. Die korrupte Lobby kann das natürlich ganz gekonnt aus den Medien raushalten. Und jetzt ist plötzlich der Zika-Virus dafür verantwortlich, wie praktisch. Sie selbst achten sicher darauf, dass sie den Scheiss nicht fressen!

Tiere werden in Europa mit Gensoja gefüttert. Einer der meistgehassten Konzerne „Monsanto" setzt Biotechnologien zur Herstellung genetisch veränderter Früchte und Saatgut ein. Die meisten grossen Lebensmittelhersteller beziehen die Produkte von Monsanto und verwenden sie in ihren Produkten. Denke daran, wenn du das nächste Mal etwas von Kelloggs, Langnese, Nestlé oder Toblerone isst."

„Nestlé? Die machen doch auch Kindernahrung? Die vergiften unsere Kinder mit diesem Glyphosat?"

„Ganz genau! Es kann Zufall sein, aber ich habe den Eindruck, dass diese Kinder öfter krank sind. Ich glaube, der Zika-Virus könnte sogar nur ein Ablenkungsmanöver sein, damit sich niemand fragt, wieso plötzlich vermehrt Kinder mit Behinderungen geboren werden. Aber es ist praktisch, wenn Kinder krank sind und Erwachsene öfter Krebs bekommen, so verdient die Pharma-Industrie gleich mit. Die machen dann natürlich kein Heilmittel, dann könnten sie ja nur einmal verdienen, sondern ein Medikament, dass die Symptome unterdrückt, das regelmässig gekauft werden muss.

Die Liste der Partner von Monsanto ist unzählig lang. Ich möchte dir ja nicht den Appetit verderben. Aber seit ich das weiss, hole ich mein Essen regelmässig beim Schweizer Bio-Bauern. Bei Schweizer Fleisch ist, selbst wenn sie Gensoja füttern, das Zeug wenigstens schon einmal durch die Verdauung durch, also nur zu einem Bruchteil im Endprodukt enthalten, als wenn der Teig der Fertigpizza direkt damit gemacht wird."

„Igitt, vielleicht mach ich das in Zukunft lieber auch. Aber so sind die Leute nun mal: Es ist ihnen wichtig beim Einkaufen, dass ihr Fleisch aus der Schweiz kommt, aber sitzen trotzdem bei McDonalds und stopfen einen BigMac in sich herein, bei dem man nicht mal sicher ist, ob das Fleisch ist."

„Doppelmoral wo man nur hinsieht! Es geht aber noch viel weiter. TTIP wird ja in den Medien hauptsächlich als Freihandelsabkommen dargestellt. Erleichtert den Handel, Zollvorschriften, direkte Zusammenarbeit, etc... Das ist aber nur ein Vorwand. Es enthält noch ganz andere, viel interessantere Abschnitte. Zum Beispiel würde der Export von Afrika verboten. Afrika hätte also noch viel mehr Wirtschaftsprobleme als jetzt schon. Auch dieses Geld will sich die USA sichern. Scheiss auf die hungernden Kinder. Ausserdem muss mit dem Inkrafttreten von TTIP der Zuckergehalt auf Nahrungsmitteln nicht mehr deklariert werden. Die Nährwertinformationen, die du heute bei uns auf den Produkten haben musst, würden verschwinden. Weiter können amerikanische Konzerne europäische Länder verklagen, wenn diese durch neue Gesetze die Einnahmen der USA schmälern. Das sind die für Europa ins besonders spannenden Punkte. Das bedeutet konkret, wenn Deutschland irgendein Gesetz macht, beispielsweise eben gegen Gentechnik in Nahrungsmitteln, das die Einnahmen von zum Beispiel McDonalds schwächt, kann McDonalds Deutschland in Millionenhöhe verklagen. Konzerne werden über Staatlichkeit gestellt. So geschehen in Mexiko, die ein ähnliches Freihandelsabkommen mit den USA haben. Sie haben auf einen gesundheitsschädlichen Zucker in Lebensmitteln eine Steuer erhoben. Das schwächte die Einnahmen eines US-Unternehmens „Corn Products International", die diesen Zucker vertreiben. Sie verklagten Mexiko in Millionenhöhe. Deswegen geht es Mexiko jetzt auch so schlecht und die Menschen wollen in die USA flüchten. Jene, die aber den amerikanischen Pass nicht haben, werden gerne mal an der Grenze erschossen. Das wäre, als wenn die Türkei die Flüchtlinge einfach erschiessen würde. Wo kommen wir denn da hin? Stell dir das mal vor! Das hebelt die Staatlichkeit und Demokratie der europäischen Länder völlig aus. Die USA bereichern sich schamlos an anderen Ländern und keinem fällt es auf. Aber auch wir können wie Mexiko werden."

Finn konnte nur grosse Augen machen, er wusste nicht was er dazu sagen sollte. Er würde Sharons Aussagen auf jeden Fall prüfen.

„Es geht noch weiter. TTIP enthält sogar militärische Komponenten. Faktisch kann danach die USA über das deutsche Militär verfügen. Es wäre also nicht mehr der Bundestag, der darüber entscheidet, wo die deutsche Luftwaffe mit deutschen Soldaten kämpfen soll, sondern die USA. Unsere deutschen Freunde fänden das sicherlich nicht so toll, wenn sie in irgendwelche Kriege geschickt werden, für die sie nichts können und die von den USA angezettelt wurden."

„Sie übernehmen völlig die Kontrolle in Europa?"

„Genau! Der altbekannte Krieg gegen Russland. Ein geschwächtes Europa, um die USA als Imperium zu stärken. Der grosse Unterschied zwischen Europa und den USA liegt im Kapitalismus und dem Sozialismus. Reiner Sozialismus funktioniert wirtschaftlich nicht, das haben wir in der DDR gesehen. Die Leute haben keinen Ansporn, etwas erreichen zu wollen, die Wirtschaft leidet darunter. Deswegen müssen wir aber nicht das komplette Gegenteil machen. Die USA hat einen Kapitalismus in seiner Extremform. Dort bedeutet Geld Leben. Wenn du mit einem Herzinfarkt im Hospital ankommst und deine Kreditkarte nicht dabei hast, machen die gar nichts. Du stirbst. Wenn du eine Entzündung hast, aber kein Geld und keine Krankenversicherung, gehst du nicht zum Arzt und stirbst. Wenn ein kranker Elternteil eine Therapie braucht, deine Krankenversicherung aber aus fadenscheinigen Gründen ablehnt, diese zu übernehmen, hast du die Wahl: Du lässt deine Mutter oder deinen Vater sterben oder du übernimmst die Therapie selbst und hast Schulden bis an dein Lebensende. Mit Geld kaufst du dir in den USA Leben. Wir zwei sind mit diesem Gedanken nicht aufgewachsen. Du wurdest in der Schweiz geboren, meine Familie war eher wohlhabend. Ich habe mich früher auch nicht mit diesem Gedanken beschäftigt. Wenn du bei uns aufwächst und faul bist, dann finanziert dir die Sozialhilfe oder Hartz IV das Leben vor dem Fernseher. Wir lassen Menschen nicht einfach sterben. Das ist völlig gegen unsere Vorstellung von

Menschlichkeit. Natürlich lebst du besser, wenn du etwas erreichen willst und arbeitest. Das ist auch gut so und fördert individuelle Ideen und Visionen. Aber dennoch erschiessen wir arme Menschen, die aufgrund ihres Intellekts oder der Gesundheit nicht mehr fähig sind zu arbeiten, nicht einfach. Das käme uns niemals in den Sinn. Aber wenn du in den USA geboren wirst und nichts hast, ist das die Mentalität die dich antreibt. Erreiche etwas oder stirb!"

„Der Mensch ist an sich ein soziales Wesen. Darauf basiert ja auch die Fortpflanzung. Wir sollen uns mögen. So sehe ich das zumindest. Und auch das amerikanische Volk sind Menschen, die denken können. Dann sollten ja eigentlich die meisten Amerikaner nicht sonderlich zufrieden sein mit ihrer Regierung?"

„Hast du schon mal mit einem Amerikaner aus der kleinen, noch übriggebliebenen Mittelschicht geredet, der zufrieden war mit seiner Regierung? Sie haben ab und zu mal die Wahl zwischen dem grösseren und kleineren Übel und dann wissen sie noch nicht einmal, ob richtig gezählt wurde, siehe Bush. Amerika nennt sich eine Demokratie? Stell dir vor, du hast die Wahl zwischen Blocher und Brunner. Da würde ich nicht mal wählen gehen, spielt sowieso keine Rolle. Dass sich die USA eine Demokratie nennt, ist eine Beleidigung für diesen Begriff. Die Schweiz ist eine Demokratie, die diesem Wort gerecht wird. Ich wäre dafür, dass man das Schweizer System auf die ganze Welt anwendet. Weg davon, dass ein paar reiche Leute entscheiden, hin dazu, dass die Mehrheit der Bevölkerung entscheidet. Das ist Demokratie."

„Das stimmt! Das System an sich ist korrupt. Apple zum Beispiel hat letztes Jahr komplett entgegen ihrer Unsummen von Einnahmen, 2000 Euro Steuerrückvergütung bekommen. Die haben also genau nichts an Steuern gezahlt, weil sie sich in Irland und Holland jeweils eine „Niederlassung" und den Gewinn dann jeweils im anderen Land verbucht haben."

„Selbstverständlich! Apple ist ein amerikanischer Konzern, Steve Jobs, der das vielleicht nicht so wollte, tot. Jeder, der seine ausländerfeindlichen Hasskommentare in ein iPhone tippt, sollte dringendst nochmals über die Bücher. Steve Jobs war übrigens Halb-Syrier, soviel zum arabischen Aussehen von Syrern. Das sind Probleme, die es zu lösen gilt, aber daran können wir arbeiten. Zunächst einmal geht es darum, den Krieg zu verhindern. Wenn TTIP in Kraft tritt, sind Bürgerkriege vorprogrammiert. Am Genfer Flughafen wurden 30 Männer entlassen, nur weil sie Muslime sind. Da ist dem IS der Nachwuchs gesichert. Pegida-Anhänger gehen gewaltsam gegen Muslime vor, diese verteidigen sich. Das hat Eskalationspotential, obwohl beide Seiten nicht das Geringste dafür können. Deutschland denkt nicht über die wirklichen Probleme nach, sondern lässt sich von der erfundenen „Flüchtlingskrise" ablenken und manipulieren. Man könnte, das was in Deutschland gerade passiert, fast schon als Bürgerkrieg bezeichnen. Die Hemmschwelle zu Gewalt sinkt drastisch. Politiker werden terrorisiert, Demonstrationen arten immer öfter gewaltsam aus. Da haben wir wieder die Parallelen zur Vorgeschichte des zweiten Weltkriegs. Die weiteren Folgen kannst du dir vorstellen."

„Was müssen wir tun?"

„Wir müssen erkennen, wer eigentlich der Feind ist. Wusstest du, dass US-Bürger, die in Europa leben, nach wie vor an die USA Steuern zahlen? Das muss man sich einmal vorstellen. Diese Leute verdienen ihr Geld hier und nutzen die Systeme, für die unsere Steuergelder gedacht sind, die USA bereichert sich aber weiter an ihnen. Das sind also sozusagen Steuergelder, die uns die USA „klaut". Als erstes sollten wir uns als Schweiz gegen so etwas klar wehren. Wer hier lebt und arbeitet, hat in der Schweiz Steuern zu zahlen. Die USA würde auch nicht akzeptieren, das Schweizer, die in den USA leben, ihre Steuern noch an die Schweiz zahlen. Als Schweizer ist es weiter unsere Pflicht, das Nachrichtendienstgesetz konsequent abzulehnen.

Selbst wenn unsere Regierung vielleicht nur etwas langsam, aber nicht ganz so korrupt ist wie andere, wollen wir aufgrund internationaler Vereinbarungen nicht, dass die Daten unserer Provider anderen Länder zur freien Verfügung stehen. Das wäre der Untergang der schweizerischen Unabhängigkeit. Und diese gilt es zu wahren!

Aus Sicht von Europa sollten wir versuchen, möglichst unabhängig zu bleiben. Es ist gut und schön, dass es verschiedene Länder mit unterschiedlichen Mentalitäten gibt. Wir arbeiten hart als Schweizer, lassen den Spanier trotzdem seine Siesta machen, den Franzosen Weisswein trinken und essen gerne Pizza. Solange der Grundsatz niemanden zu töten oder aus Geldgier sterben zu lassen der Gemeinsame ist, ist das eine Vielfalt, die bereichernd ist. Europa ist so schön! Ich will es nicht untergehen sehen! Wieso nicht mit Russland zusammenarbeiten? Ohne grossartige Verträge oder Bündnisse, einfach wohlwollend miteinander reden. Dann hätten wir eine Macht, die den USA gewachsen wäre. Nicht um sie zu bekämpfen, sondern einfach um ihnen den Stinkefinger zu zeigen. Wir sind keine machtgeilen Arschlöcher, Terroristen, Kriegsverbrecher, Massenmörder, die auf Menschlichkeit scheissen, weil sie bereits zur oberste Elite gehören und sich somit sich nicht vorzustellen versuchen, wie „normale" Menschen denken. Das unterscheidet die meisten europäischen Regierungen von jenen der USA. Und wir müssen einsehen, dass wir mit solchen Menschen nichts zu tun haben wollen.

Sicher würde es im ersten Moment wirtschaftliche Schwierigkeiten geben. Aber denen sind wir doch gewachsen. VW könnten wir mit Steuergeldern auffangen. Wenn man das den Menschen durch die Medien erklären würde, würde es jeder verstehen. Die Deutschen haben ja mit Lichterketten protestiert: „Nie wieder!". Also müssen sie auch was dafür tun. Und selbst wenn VW Pleite ginge und es unzählige Arbeitslose gäbe, wir schaffen auch wieder Jobs. Beispielsweise könnten sie eine Burger-Kette eröffnen, die

McDonalds vom Markt vertreibt. Es klingt romantisch, aber Deutschland hat schon zweimal bewiesen, dass es sich aus dem Nichts wieder zu einem fortschrittlichen Land entwickelt kann, das wirtschaftlich ernstzunehmend ist. Es ist doch geschichtlich immer dasselbe. Deutschland wird zu stark und mächtig, die USA zerstört es. Sie brauchen ein paar Jahrzehnte, dann ist man wieder am selben Punkt. Muss es wirklich einen 3. Weltkrieg geben, bevor die Deutschen merken, dass sie das nicht nötig haben?"

„Die SVP würde jetzt sagen, das geht uns ja nichts an, lass uns die Grenzen schliessen." meinte Finn ironisch.

„TTIP wird mit der EU ausgehandelt, ein einzelnes EU-Land kann sich nicht dagegen stellen. Wir wären also umgeben von TTIP-Ländern. Wir haben bilaterale Abkommen, wir betreiben Handel mit der EU. Es würde uns wirtschaftlich auch treffen. Wir importieren Lebensmittel. Die Schweiz kann sich nicht selbst versorgen. Und so wie ich die Politiker der USA einschätze, ist ihnen durchaus bewusst, dass in der Schweiz viel Geld zu holen ist. Über kurz oder lang würden sie also versuchen, auch an dieses Geld heranzukommen. Ihnen käme sicher etwas in den Sinn. Ausserdem wäre überall um uns herum Krieg. Das können wir nicht wollen. Spätestens wenn wir über die Endstufe Atomkrieg reden, wird uns bewusst, dass wir uns davon nicht distanzieren können. Wenn die USA merkt, dass sie Europa nicht länger ausnehmen kann wie eine Weihnachtsgans, könnten sie sich fragen, ob Europa denn noch existieren soll, weil es eventuell den Gewinn schmälern könnte durch Zusammenarbeit mit Japan, China oder Korea. Wenn wir uns also gegen Westen drehen und den USA den Stinkefinger zeigen, können wir sehr froh sein, haben wir den Russen im Rücken."

„Was schlägst du vor?"

„Europa muss sich seiner Macht bewusst werden. Die Oberhäupter der europäischen Länder müssen unter Ausschluss der USA miteinander zusammen kommen und diskutieren, was sie wollen. Es geht um Europa.

Wollen wir den Krieg? Wollen die Machtämter Europas ihren Kindern den Krieg hinterlassen? Ich glaube nicht. Deshalb müssen sie die richtigen Entscheidungen treffen. Dem Volk muss bewusst werden, was passiert. Wir müssen uns zusammenraufen. Es ist eine Revolution des Bewusstwerdens. Wenn ich in den Kommentaren von Anonymous lese, ist dies vielen Menschen auch in den USA bereits klar. Weil sie als Amerikaner „Mittäter" waren, bei den Kriegsverbrechen im Iran, Irak, Afghanistan und so weiter, haben sie das vermutlich sogar früher erkannt als wir Europäer, die lange Zeit ein friedliches Europa einfach als Selbstverständlichkeit erachtet haben. Wir werden in stabile Strukturen geboren und beschäftigen uns erst mit Problemen, wenn sie uns sehr direkt persönlich betreffen. Krieg können wir uns nicht vorstellen, nur 70 Jahre nach dem zweiten Weltkrieg. Green Day mit ihrem „21st Century Breakdown" haben wohl ihren Teil dazu getan, dass es ein langsames Aufwachen einsetzt. Ich habe lange nicht verstanden, was mit „American Idiot" eigentlich gemeint war. Für die Amerikaner würde ich mir wünschen, und ich weiss, das wird noch lange Zeit eine Utopie bleiben, gute Menschen im Parlament zu haben. Geld muss nicht automatisch zu Machtgeilheit führen. Sieh dir Angelina Jolie an. Sie setzt sich für die Menschenrechte und den Frieden ein, reist in die dritte Welt um armen Kindern zu helfen, spricht sich bei der UNO für Frieden aus. Obwohl es ihr sicher an Geld nicht mangelt, halte ich sie für einen wunderschönen Menschen, nicht nur äusserlich. Dass muss man wahrscheinlich auch sein, um sich einen Brad Pitt zu angeln. Das wäre doch mal eine amerikanische Präsidentin!"

Finn lachte und stimmte ihr zu. Es gefiel ihr, wenn er lachte. Sie genoss es, hier nahe bei ihm zu sitzen, Wein zu trinken und zu reden. Sie fühlte sich sicher und geborgen bei ihm.

„Frauen sind was wunderschönes, es sollte generell mehr Frauen an der Macht geben."

„Auch nicht alle. Das Angelina Jolie so ist, heisst nicht automatisch, dass reiche Frauen alles gute Menschen sind. Ich fände es bedenklich, wenn Hillary Präsidentin würde. Das könnte dann genutzt werden, die USA als fortschrittlich darzustellen. Sie hatten ja schliesslich einen schwarzen Präsidenten und jetzt sogar eine Frau. Aber was für eine. Nachdem Gaddafi, der gemäss meinen Recherchen auch nicht so böse war, wie immer behauptet wird, ohne Prozess und ohne Fragen zu stellen getötet wurde, sass die gute Hillary in einem Interview und sagt: „We came, we saw, he died! Dann lachte sie hämisch, als wäre es etwas Tolles, Menschen zu töten. Da haben wir es wieder mit der Verallgemeinerung. Ich sage Frauen sind grundsätzlich friedliebender. Bei Hillary haben wir aber eine Ausnahme. Es gibt Geld- und Machtgier also auch bei Frauen."

„Also sähen wir lieber Jolie als Präsidentin. Reiche, gute Menschen, von denen sollte es viel mehr geben."

„Die gibt es. „Pushed again" von den Hosen zum Beispiel ist sicherlich bewusst auf Englisch, sollten es ja die Leute verstehen. Und hast du dir mal Gedanken über Michael Jackson gemacht?"

„King of Pop?"

„Ja, wir alle kennen „Earth Song", „Heal the world", oder „They don't care about us". Das ist nicht reine Utopie, wenn man die Hintergründe kennt. Hast du schon mal richtig zugehört und dir die Videos angeschaut? Wenn du erstmal begriffen hast, worum es geht, kommen dir die Tränen, wenn du „Earth Song" schaust und dir bewusst wird, wie wir unsere Erde kaputt machen. Und es hat einen guten Grund, weshalb die Kommentare unter seinen relevanten Videos gesperrt sind. Es wäre doch schön, über jemanden wie ihn diskutieren zu können. Dort würden aber Meinungen stehen, die die Weltbevölkerung nicht sehen soll. „They don't care about us" hat fast 200 Millionen Views. Dort einen aufklärenden Kommentar zu posten, wäre gefährlich für die USA. Jackson war ein guter Mensch, der die Welt auf etwas hinweisen wollte. Für mich war er nicht nur der King of Pop, sondern der King of Humanity!

Aber nicht einmal ein Mann mit seinem Bekanntheitsgrad hat das geschafft.

Ein paar Tage vor seinem Tod, hat er in einer kurzen Ansprache auf YouTube gesagt, dass die Medien lügen und unsere Geschichtsbücher erfunden sind, die Menge hat ihm zugejubelt. Ein paar Tage später kam er unter mysteriösen Umständen ums Leben."

„Willst du damit sagen, die CIA hat ihn umgebracht?"

Sharon rollte mit den Augen: „Nein, sowas würde ich nie behaupten. Ist sicher nur ein Zufall! Und jetzt kommt mir spontan „Deine Schuld" von den Ärzten in den Sinn!"

„Du magst Punk wie es scheint?" Er lächelte.

„Ich mag Musik! Es gibt übrigens noch mehr Songs, die sich mit diesem Thema beschäftigen: Marilyn Manson mit „Fight Song", Green Day mit „Amercian Idiot", „Know your enemy" und System of a down, „Boom". Es gibt Unzählige. Künstler haben wie es scheint mehr Zeit, sich Gedanken über die Welt zu machen.

Der Musikgeschmack war übrigens vor der Politik da, vielleicht bin ich da geprägt." Sie zwinkerte.

Finn hatte Mühe zu begreifen. Das waren zu viele Informationen auf einmal.

Er zuckte die Schultern: „Du hast vermutlich in allem was du sagst vollkommen recht. Du bist eine intelligente Frau. Wie soll ich dem wiedersprechen? Muss ich das?"

„Nein, nur wenn du als Mann unbedingt das letzte Wort haben willst!" Sie zwinkerte erneut.

„Das will ich nicht! Ich gebe jetzt einfach mal zu, dass ich von diesen Dingen noch viel weniger Ahnung habe als du!" Er lächelte.

Sie nahm noch einen Schluck Wein. Dann wirkte sie wieder nachdenklich: „Lass uns über etwas anderes reden. Mir dröhnt schon der Kopf, wie so oft, wenn ich mir diese Unmenschlichkeit vor Augen führe!" Sie schüttelte den Kopf, als wolle sie die Gedanken loswerden: „Ist es eigentlich in Ordnung, dass du heute Nacht nicht nach Hause kommst? Wartet niemand auf dich?"

„Du meinst, ob ich eine Freundin habe? Nein, auf mich wartet gerade niemand."

„Wie kommt's? Ein intelligenter junger Mann wie du?"

Finn lachte: „Das hältst du von mir? Intelligent? Ich komme mir manchmal ziemlich dumm vor, wenn ich dich reden höre." Er lächelte verlegen.

„Nein, das bist du nicht! Du hattest halt einfach keinen Grund dich zu informieren, damit bist du ja nicht alleine. Man muss ja erst erkennen, dass es etwas zu erkennen gibt, bevor man danach suchen kann. Du hast das Gesamtbild sogar unglaublich schnell erkannt!"

„Danke! Ich habe auf jeden Fall begriffen, wie wichtig es ist sich unabhängig zu informieren. Zu deiner Frage: Ich hatte eine Freundin bis vor etwa einem halben Jahr. Aber gegen Ende haben wir uns nur noch gestritten. Sie hatte andauern etwas an mir auszusetzen. Ich habe dann meinen Job verloren und betrachtete das als Chance für einen Neuanfang. Deswegen habe ich die Sache kurz danach beendet."

Sharon nickte verständnisvoll. Innerlich war sie erleichtert, das zu hören. Sie rutschte näher an ihn heran und schmiegte ihren Kopf an seine Schulter. Einen langen Augenblick sassen die beiden nur so da und sagten nichts. Zärtlich fuhr er über ihr Haar. Er fühlte sich wahnsinnig zu ihr hingezogen. Es war nicht nur ihr Aussehen. Es war ihre Art, die Fähigkeit die Dinge zu hinterfragen, ihre Intelligenz, ihr Wesen. Er begehrte sie.

Dann hob sie ihren Kopf und sah ihm in die Augen. Sie wollte ihn küssen, doch er wich zurück. Seine Hand hielt zärtlich ihren Nacken und er erkannte ihren fragenden Gesichtsausdruck: „Ich will nicht, dass es so wirkt, also würde ich ausnützen, was dir heute passiert ist!"

„Das was heute passiert ist, hat nichts mit dir zu tun! Im Gegenteil, bei dir fühle ich mich sicher und geborgen. Du nimmst mich doch ernst? Also verlass dich darauf, dass ich schon weiss, was ich tue!" Sie lächelte verschmitzt. Dann liess er sich von ihr küssen. Und es war wunderschön. Noch vor ein paar Stunden, sträubte sich sein Verstand dagegen mit dieser Frau etwas anzufangen, obwohl es alles andere an ihm wollte. Sie war seine Chefin. Nach den Ereignissen von heute Abend war alles bedeutungslos. Er versuchte sie so zärtlich wie nur möglich zu berühren. Gewalt hatte sie heute genug erfahren.

Es war sicher zu früh, über verliebt sein zu reden, dafür kannte er sie einfach noch nicht lange genug, dachte er. Aber heute Nacht liebte er sie. Und sie liebte ihn. Zweimal.

Die letzten Stunden

Am nächsten Morgen schien die Sonne wieder, als wolle sie den Regen des Vorabends trocknen. Einen Wecker hatte Finn nicht gestellt, er vermutete aber, dass das okay war, zumal seine Chefin neben ihm lag. Finn öffnete die Augen und erinnerte sich daran was gestern Abend alles passiert war. Und wie schön der Tag trotz allem geendet hatte.

Sharon schlief noch, sie lag seitlich an ihn gekuschelt und hatte einen Arm auf seinen Bauch gelegt. Er beobachtete sie. Sie sah auch süss aus, wenn sie schlief. Er stellte sich vor, dass er vielleicht öfter so neben ihr erwachen würde. Das war ein schöner Gedanke. Er lächelte und strich ihr behutsam eine Haarsträhne aus dem Gesicht. Eigentlich wäre er am Liebsten den ganzen Tag so liegen geblieben und hätte sie angesehen. Sie wurde langsam wach, er küsste sie auf die Stirn, sie sah ihn an, lächelte und sagte nichts.

„Guten Morgen!"

„Guten Morgen, gut geschlafen?"

„Ja, sehr gut sogar! Sanft legte er seine Hand um ihren Nacken, zog sie zu sich hin und küsste sie."

„Ich hoffe es ist okay, wenn ich heute später zur Arbeit komme, Chefin!" witzelte Finn.

„Ja, das muss ich vermutlich durchgehen lassen. Kein Stress, Entspannung ist wichtig! Der Körper braucht Zeit, um sich zu erholen."

„Hört, hört!"

„Ja, manchmal denke ich, vielleicht sollten wir uns da öfter ein bisschen an die Spanier halten. Sie nehmen das Leben viel gelassener, das ist besser für die Gesundheit, als der Stress, den wir immer haben! Manchmal denke ich darüber nach auszuwandern, irgendwo hin wo es schön ruhig ist. Aber dann kommt mir in den Sinn, dass ich vorher noch für Weltfrieden sorgen muss."

Sie zwinkerte.

Finn kam der Song „Amerika" von Adrian Stern in den Sinn. Er stellte sich vor wie er mit Sharon irgendwo in Frieden leben und „ganz vell Chend" machen würde. Bei ihnen würde es zwar nicht Amerika sein und er kannte sie erst so kurz, dennoch fand er diesen Gedanken wunderschön. Sollte er ihr das sagen? Empfindet sie auch so oder war das für sie nur eine Bettgeschichte? Vermutlich würde er sie damit überrumpeln. Er behielt es für sich. Ihren Augen, die ihn strahlend anfunkelten, hoffte er zu entnehmen, dass es ihr ähnlich ging. Er freute sich auf die Zukunft, er wollte nach vorne schauen, also erst einmal in den Tag starten: „Willst du einen Kaffee?"

„Gerne! Wo willst du den hernehmen?"

„Unten von der Bar?"

„Dann musst du ja aus dem Bett raus, das will ich eigentlich gar nicht. Sie zog ihn zu sich heran.

„Ich kann ja Kaffee holen und dann wieder ins Bett kommen?"

„Das klingt gut! Versprichst du mir, dass du wieder kommst?"

„Natürlich komme ich wieder! Versprichst du mir, dass du dann noch da bist?"

Sie nickte.

Finn gab ihr nochmal einen Kuss, zog sich an und ging in die Lobby. Lustig, dass der Raum Lobby genannt wurde, hatte das etwas mit Politik zu tun? Vielleicht würde er das irgendwann googeln, jetzt interessierte es ihn zu wenig.

Auf einem Tisch fielen ihm ein paar Zeitungen ins Auge. Es waren der Blick, die NZZ und die 20 Minuten von heute. Er überlegte kurz, entschied sich dann einen kurzen Blick reinzuwerfen. Er wusste nicht genau, warum er das tat, vielleicht wollte er wissen, was denn für den Rest der Welt gerade so wichtig zu sein schien. So durchblätterte er kurz die Zeitungen, bis er auf einer der letzten Seiten des Blicks auf einen kleinen Artikel stiess. Er traute seinen Augen kaum. „Missgeschicke im Alltag" war der Titel. Darunter ein

Bild von Anton Newman mit einer zerkratzten Wange und ein Text, wie sich der arme Kerl mit seiner Katze angelegt hatte. Finn schüttelte den Kopf. Das war vermutlich Sharon. Glaubt das jemand? Das sieht man doch eindeutig, dass das keine Katze war.

Er steckte die Zeitung ein und holte zwei Kaffee. Dann ging er hoch und warf den aufgeklappten Artikel aufs Bett. Ohne ein Wort zu sagen streckte er ihr den Kaffee hin. Sharon bedankte sich, nahm einen Schluck und griff nach der Zeitung. Ihre Augen weiteten sich. Hilflos sah sie ihn an: „Glauben das die Leute?"

„Warst du das? Hast du ihn gekratzt?"

„Ja!"

Finn schüttelte den Kopf. Er dachte nach: „Vermutlich glauben das die Leute tatsächlich. Der Grossteil der Zeitungsleser ist ja nicht gerade geübt im Hinterfragen. Mich bis vor ein paar Tagen eingeschlossen."

Sharon schüttelte traurig den Kopf.

Finn setzte sich hin und nahm sie in den Arm: „Vielleicht ist das, was dir passiert ist, auch eine Chance. Vielleicht kannst du die Menschen damit aufwecken. Du hast doch eine Überwachungskamera im Büro."

„Wenn die unser System gehackt haben, haben sie das vermutlich gelöscht."

„Vielleicht nicht, wäre ein Anruf bei deiner IT wert, oder?"

„Du meinst, dass wir dieses Video dann veröffentlichen könnten? Ich weiss nicht, ob ich ein solches Video von mir gerne öffentlich hätte!" Sie wirkte wieder unsicher, verängstigt.

Finn wollte ihr Mut machen: „Als erstes gehen wir damit zur Polizei und zeigen ihn an. Die müssen was machen, es ist versuchte Vergewaltigung. Danach veröffentlichen wir es und verbreiten es so gut wie möglich. Ein CIA-Agent, der eine Amerikanerin, überspitzt gesagt, eine der ihren, vergewaltigt, ja vielleicht umbringen will, das hat das Potenzial viral zu gehen. Ich verstehe, dass du das, was dir gestern passiert ist, am liebsten vergessen würdest. Aber was, wenn du damit etwas Gutes tun könntest? Wenn gerade das es wäre, was für ein Umdenken sorgen könnte?"

Sharon starrte in an. Sie nahm einen Schluck Kaffee und überlegte: „Vielleicht hast du Recht!" Wieder kullerte eine Träne aus ihrem Auge. Das was sie gestern Schreckliches erlebt hatte, schien ihr gerade nochmals vor ihrem geistigen Auge zu wiederfahren. Er nahm sie in den Arm. Leise weinte sie an seiner Schulter. Minutenlang hielt er sie, strich ihr über das Haar. Schliesslich küsste er ihre Stirn und sah ihr in die Augen: „Du kannst das! Du bist stark!"

Sie wischte sich die Tränen aus dem Gesicht, sah ihm in die Augen und nickte. Er lächelte und hoffte sie würde es erwidern. Das tat sie und er küsste sie zärtlich.

„Lass uns gehen!"

Sie machten sich fertig, um sich danach auf den Weg zum Hauptbahnhof zu machen. Dort nahmen sie ihre Handys aus den Schliessfächern. Es spielte keine Rolle mehr, ob man sie abhörte und kontrollierte, genau diese allgegenwärtige Überwachung wollten sie schliesslich ans Tageslicht bringen. Sharon rief bei ihrer IT-Abteilung an, sie hatte keinen Nerv, selbst die Aufzeichnungen über das Mobile-App zu suchen, ihre Mitarbeiter würden es ja eh sehen: „Hey Roger, kannst du bitte mal nachsehen, ob die Videoaufzeichnungen von gestern noch da sind? Ca. 19:00 Uhr?"

„Wieso sollten sie das nicht mehr sein? Denkst du etwa wir hätten unsere IT nicht in Griff oder was?" Roger lachte.

„Dann hab ich ja die richtigen Leute eingestellt!" sagte Sharon mit einem Lächeln: „Kannst du mir bitte das Material in eine Videodatei zusammenschneiden und auf einen USB-Stick laden? Ich hole es nachher ab. Sieh es dir an, du weisst dann schon was ich meine!"

„Ich soll mir die Videos deines Büros von gestern Abend ansehen und dir dann was genau schicken? Ich gehe schwer davon aus, ich sehe darauf, dass du gearbeitet hast!"

„Sieh es dir einfach an und tu was ich sage, okay?" Sie wollte nicht gehässig klingen, wusste aber nicht, ob es ihr gelang.

Roger schnaubte aus: „Ja, klar, kein Problem, mach ich!"

„Danke! Bis später!"

Sie legte auf, sah Finn an und atmete tief ein. Sie wirkte erleichtert: „Der Teil wäre erledigt!"

Finn nickte. Dann machten sie sich auf den Weg zur SI.

Kurz vor dem Ziel kam Sharon plötzlich in den Sinn: „Was zu Essen wäre gut!"

„Essen ist immer gut! Am besten etwas Schweizerisches! Ich schlage vor, ich hole uns in der Bäckerei gegenüber zwei nicht genmanipulierte Sandwichs ohne Glyphosat und du gehst den Stick holen? Lange wirst du wohl nicht brauchen?"

„Das ist Teamarbeit! Normalerweise sorgt die Frau fürs Essen, aber wir wollen die Muster ja durchbrechen. Also besorgst du heute das Frühstück!"

Sie zwinkerte und er musste schmunzeln. Zärtlich hob er ihn Kinn und zog sie an sich, um ihr einen Kuss zu geben. Er konnte sie gar nicht oft genug küssen.

Dann lief Sharon über die Strasse in Richtung Hochhaus ihres Journals. Finn drehte sich um und lief lächelnd in Richtung Bäcker. Er strahlte förmlich, dachte an die schöne Nacht. Er konnte sich nicht daran erinnern, wann er das letzte Mal so glücklich war und zuversichtlich in die Zukunft schaute.

Unumgänglich

Finn hörte ein dumpfes Geräusch. Er konnte es erst nicht einordnen. Dann fingen Leute an zu kreischen. Erschrocken drehte er sich um und sah Menschen wild in alle Richtungen flüchten. Autos drehten um und fuhren in die entgegengesetzte Richtung. Sharon lag mitten auf der Strasse auf dem Boden. Das Blut gefror in seinen Adern. Auf einen Schlag realisierte er, dass es ein Schuss war, ein Scharfschütze. Ohne zu überlegen rannte er so schnell er konnte zu ihr hin. Es kam ihm vor wie Stunden, bis er endlich bei ihr war. Aus ihrer Brust strömte Blut. Verzweifelt zog er ihren Oberkörper hoch auf seine Beine und drückte mit einer Hand auf die Wunde. Er flehte sie an: „Bitte bleib wach, du schaffst das! Du darfst nicht sterben!"

Sie hob ihre Hand und fuhr über seine Wange, hinterliess dabei eine dicke Blutspur. Sie sah ihm in die Augen und lächelte kurz. Dann verschwand das Feuer aus ihren Augen.

Finn starrte sie regungslos an. Ihm wurde übel. Tränen begonnen unkontrolliert über sein Gesicht zu laufen. Er erinnerte sich an einen Bericht, den er von Zeugen der Pariser Attentate gelesen hatte. Eine Frau, die sich totgestellt hatte, erzählte wie erwachsene Männer ihre toten Freundinnen im Arm hielten und weinten. Jetzt war er es selbst. Er konnte nicht einschätzen, wie lange er da sass, sie im Arm hielt und einfach nur stumm weinend ihren toten Körper anstarrte. Irgendwann kam ihm der Gedanke, dass der Scharfschütze ja noch da sein und auch ihn erschiessen könnte. Daran hatte er gar nicht gedacht, er war einfach zu ihr hingelaufen. Sein eigenes Leben schien in diesem Moment gar nicht wichtig. Er blieb sitzen.

Irgendwann hielt ein Polizeiauto in der Nähe und ein Polizist mit schusssicherer Weste holte ihn weg: „Junger Mann, kommen Sie, Sie können nicht hierbleiben, das ist gefährlich!" Er packte ihn am Arm und führte ihn zu einem Polizeiauto. Hinzukam ein Krankenwagen und weitere Polizeiwagen. Wie sinnlos, dachte Finn, es ist zu spät. Er sass schliesslich in einem Krankenwagen, als ein Sanitäter ihm grob das Blut aus dem Gesicht zu wischen versuchte und ein Polizist den Wagen betrat. Finn starrte teilnahmslos in eine Ecke.

„Es tut mir sehr leid!"

Finn blickte ihn kurz an, nickte belanglos und sah dann wieder zu Boden.

„Stand sie Ihnen nahe?"

„Sie war meine Chefin!" antwortete er trocken.

„Wenn ich mir Sie so ansehe, war sie mehr als das."

Finn zuckte mit den Schultern und nickte kaum wahrnehmbar.

Die Polizisten stellten ein paar Fragen, die er ausweichend beantwortete. Schliesslich fand er die Kraft sich auf den Weg nach Hause zu machen. Er fühlte sich elend. So jämmerlich hatte er sich in seinem ganzen Leben noch nie gefühlt. Er ging ins Bad und starrte in den Spiegel. An seiner Wange waren immer noch Blutreste.

Ihr Blut! Jetzt wurde ihm richtig übel und er übergab sich über der Kloschüssel. Dann sackte er neben der Dusche auf den Boden. Wieder sass er minutenlang nur da, Abertausende von Gedanken schossen durch seinen Kopf. Wollte er das Blut abwaschen? War das respektlos? Wollte er diesen kleinen Teil von ihr, den er noch an sich hatte, einfach wegspülen? Aber er würde es tun müssen. Daher entschloss er sich nach einer gefühlten Ewigkeit dazu, zu duschen. Er duschte länger als normal, als wollte er sich von etwas reinwaschen. Davon, dass er mitverantwortlich war, weil er so lange blind war. Dass es überhaupt so weit kommen konnte, weil Leute wie er nicht wachsam waren. Er fühlte sich schuldig.

Die Erkenntnis

Nach der Dusche schrieb Finn Rob eine SMS, ob er Zeit habe für ein Bier am Abend. Rob sagte zu und so betrat er später an diesem Abend den 4. Akt. Rob sass wie immer schon an der Bar.

Heute begrüsste Finn ihn nicht freudig. Er wirkte niedergeschlagen, sagte nur kurz hallo und bestellte sich dann einen doppelten Whiskey.

„Was ist denn mit dir los?" Rob sah seinen Freund mit grossen Augen an. „Du liest doch gerne Zeitung, hast du das heute nicht gemacht?"

Rob wurde nachdenklicher: „Doch, ich hab das mit deiner Chefin gelesen. Es tut mir leid!"

Finn kippte den Whiskey, den ihm der Barkeeper hinstellte hinunter und verlangte noch einen.

„Nimmt dich das so sehr mit? Sie war nur deine Chefin."

Finn starrte regungslos hinter den Tresen, in seinen Augen spiegelte sich Hass: „Ich war gestern Nacht mit ihr zusammen."

Rob stiess ihm in die Seite: „Alter, du hast sie geknallt? Nicht schlecht!"

Finns Blick richtete sich nun in Robs Augen, er sah ihn böse an: „Die Frau, mit der ich letzte Nacht geschlafen habe und in die ich verliebt war, wurde heute Morgen auf offener Strasse von einem Scharfschützen erschossen!"

Rob räusperte sich: „Ja, tut mir leid! Das war respektlos!" Er war verwundert: „Du warst verliebt in sie? Du kanntest sie erst etwas über eine Woche?"

„Ich weiss, aber trotzdem hat es sich so angefühlt. Ich habe mir vorgestellt, wie es wäre, sie zu heiraten und Kinder zu haben. Das war ein wunderschöner Gedanke. Ich habe ihr das nicht gesagt, weil ich sie nicht erschrecken und nichts überstürzen wollte. Natürlich hatte ich auch Angst, dass sie nicht dasselbe empfindet. Jetzt wünschte ich mir, ihr hätte ihr heute Morgen wenigstens gesagt, für was für einen wundervollen Menschen ich sie halte. Jetzt ist sie tot." Wieder lief ihm eine Träne über die Wange. Er wischte sie mit der Handfläche weg und versuchte sich zu fassen.

Rob hatte Mitleid mit seinem Freund: „Das tut mir wirklich sehr leid. Was denkst du denn was passiert ist?"

Finn atmete tief aus. Er versuchte ruhig und sachlich zu antworteten: „Ich habe mir vorher kurz die Berichte in der Zeitung angesehen. Ich kann nur den Kopf schütteln, wenn ich das lese. Willst du wirklich wissen was passiert ist?"

„Was denn?"

Finn zog sein Handy hervor. Er war bevor er hergekommen ist, noch kurz in der SI und lies sich von Roger das Video auf sein Handy spielen.

„Kennst du Anton Newman?"

„Ja, ein Analyst, er kennt die Weltpolitik."

„Er ist viel mehr als das. Denkst du, er ist ein guter Mensch?"

„Ja, er wirkt auf mich sehr sympathisch und er verteidigt die westlichen Werte."

Finn schnaubte: „Die westlichen Werte!" Dann stellte er sein Handy vor ihnen quer auf den Tresen und drückte auf Play.

Rob bekam den sexuellen Übergriff Newmans auf Sharon zu Gesicht. Je länger das Video lief, desto grösser wurden seine Augen. Immer wieder schüttelte er verständnislos den Kopf. Nach einer Weile legte er sich die Hand vor den Mund. Als Sharon schliesslich flüchtete, Newman seine Hose hochzog und ihr dann nachrannte, sagte er nichts.

„Sie ging danach nach Hause und hat in ihrem Schlafzimmer ihre tote Katze gefunden. Sie war aufgehängt an der Deckenlampe. Daran ein Zettel mit den Worten „Sei lieber ruhig!". Unter ihrer Bettdecke lag ein Foto, dass sie schlafend in ihrem Bett zeigte, um ihr klar zu machen, dass sie immer und überall beobachtet wird. Das ist Psychoterror. Sie wollten sie systematisch mundtot machen."

Rob sah nachdenklich aus. Damit hatte er nicht gerechnet. Es würde wohl noch einige Zeit dauern, bis er das volle Ausmass der Ereignisse begreifen wird, aber er begann zu verstehen: „Und was willst du jetzt tun?"

„Ich weiss es noch nicht! Es gibt viele Möglichkeiten. Ich könnte mit diesem Video zu den Medien oder zur Polizei gehen. Dann würde ich vermutlich als Nächster erschossen. Im Moment weiss ich nicht einmal, ob es überhaupt jemand wissen will. Ich muss erstmal klar werden im Kopf. Morgen gehe ich in die Swiss Independent und rede mit den Mitarbeitern. Sie sind verständlicherweise alle schockiert darüber, was mit Sharon passiert ist. Und wir werden analysieren. Wir werden die Berichterstattung in den Medien auseinandernehmen. In den Zeitungen steht, sie wurde erschossen, das ist klar, aber es wurde mit keinem Wort erwähnt, dass sie brutale Würgemale am Hals und blaue Flecken an den Handgelenken hatte. Du hast das Video gesehen, wieso wird das nicht erwähnt?"

„Vielleicht weil sie zuerst noch ermitteln wollen?" Rob glaubte selbst nicht so recht was er sagte.

„Das wird unter den Teppich gekehrt. Im ersten Moment sind immer alle empört über sowas und wenn du dann nichts mehr hörst in den Medien, redet keiner mehr darüber. Die Öffentlichkeit wird nie erfahren, was mit ihr passiert ist."

„Kämpfst du dafür, dass sie es doch erfährt?"

„Ich muss es versuchen. Sie war ein guter Mensch. Sie verdient es nicht so bedeutungslos zu sterben. Wenn ich aber nächste Woche einen Unfall habe oder Selbstmord begehe, weisst du Bescheid. Aber auch nur du und du wirst dich vermutlich hüten, das an die grosse Glocke zu hängen."

„Ok, ich sehe dieses Video, das ist schrecklich. Aber ich kann das Ganze nicht fassen. So perfide können Menschen doch nicht sein?"

„Doch, jetzt bin ich mir sicher, sie können! Sharon war Amerikanerin. Diese Leute schrecken nicht davor zurück, jemanden aus ihrem eigenen Land zu töten, wenn es um ihre Interessen geht. Es gibt abscheuliche Menschen. Die gibt es in allen Klassen, Nationen und Religionen. Gib diesen Menschen eine Menge Geld und sie werden wahrhaftig abscheuliche Dinge tun, um sich weiter zu bereichern!"

„Aber das würden die Menschen doch mitkriegen?"

„Nein, einfach so tun sie das nicht. Sie schlafen. Das ist auch okay, sie geniessen ihr Leben und überlassen es ihren Staatsoberhäuptern, dass diese schon das Richtige tun. Im Sinne des Volkes. Was aber, wenn die Staatoberhäupter nicht im Sinne des Volkes handeln? Wenn sie die Menschen nicht als Bürger sehen, sondern als Konsumenten, die es auszunehmen gilt? Das ist die Realität, die sich mir offenbart hat, weil mich Sharon dazu gezwungen hat. Ich bin Hauptakteur in meinem persönlichen realen Krimi. Und dann wird dir bewusst, dass du der Held sein könntest, wenn du mutig genug bist. Oder du bleibst einfach ein braves Schäfchen, das mit der Masse zieht. Der Krieg spielt zwischen Superreichen und dem Rest der Menschheit. Zwischen einem Gut und Böse, dass nur von der Moral abhängt und sich nicht in Nationen, Religionen oder Geschlechter fassen lässt. Das Böse kann in jedem schlummern. Aber es braucht uns, weil wir die Geldquelle sind. Das gibt mir Hoffnung, dass es sich lohnt, weiterzukämpfen! We are Anonymous!"

„Wer sind eigentlich diese Anonymous?"

„Es ist eine Idee. Ich bin es, du kannst es sein, der Barkeeper kann es werden. Wir sind die Guten, die für die Wahrheit kämpfen! Es ist jeder und niemand."

„Die haben doch dem IS den Kampf angesagt?"

„Ja, genau. Und wenn man den IS bekämpfen will, stösst man unumgänglich auf Wahrheiten."

Rob nickte. Er war sprachlos und verwirrt. War Finn jetzt paranoid geworden? Oder war da tatsächlich eine Wahrheit, die er noch nicht sah?

Tatsache war, dass diese Sharon heute Morgen erschossen wurde. Das hatte einen Grund. Er würde wohl morgen auch ein bisschen im Internet forschen. Anscheinend war es tatsächlich wichtig, sich zu informieren, was gerade auf der Welt los war. Gedankenversunken sassen die beiden da und nippten an ihren Getränken ohne zu Reden. Sein Freund tat ihm leid. Er nahm sich vor, für ihn da sein, so gut er konnte.

Der Plan geht weiter

Anton Newman fuhr mit seinem Bentley in die enge Tiefgarage und betrat danach sein Büro im Zürcher Niederdörfli. Sein Chef Paul Roosevelt, ein direkter Nachkomme des ehemaligen Präsidenten, hatte sich schon einen Kaffee gemacht, sass an seinem Besuchertisch und wartete auf ihn.

„Hi Anton!"

„Paul!"

Paul schüttelte abschätzig den Kopf und sah Anton herablassend an: „Das war wirklich keine Glanzleistung mit der Wittaker!"

„Ich weiss, die Schlampe hätte mir nicht entkommen dürfen."

„Allerdings! Wie konntest du so unvorsichtig sein? Sie hat Kameras in ihrem Büro, da hättest du sie zumindest in den Flur zerren sollen."

„Ich mach die Kleine kalt, hab ich mir gedacht! Ich bin davon ausgegangen, dass unsere IT an das Video rankommen wird. Kommt ja nicht oft vor, dass sie das nicht schaffen!"

„Weisst du eigentlich, was ich heute alles für Hebel in Bewegung setzen musste, um das unter den Tisch zu kehren? Eine Studentin aus der Gerichtsmedizin kam freudig zu mir und wollte mich auf eine grosse Sache hinweisen. Wittaker habe Würgemale und blaue Flecken gehabt, sie wolle das untersuchen. Ich musste einen Haufen Geld ausgeben, damit diese Details nicht in der Presse erscheinen."

„Tut mir leid, wenn ich dir Schwierigkeiten bereitet habe. Aber es spielt doch langsam keine Rolle mehr. TTIP steht kurz vor der Umsetzung. Die Bevölkerung ist vorbereitet, erste Gruppierungen, die Selbstjustiz fordern, entstehen, es ist alles perfekt für den grossen Schlag. Die Menschen denken doch keine fünf Minuten über Wittaker nach, wenn es Flüchtlinge gibt, über die sie reden können."

„Wir dürfen nicht unvorsichtig werden, mein Lieber! Es ist nach wie vor wichtig, dass die öffentliche Meinung nicht kippt! Ein solcher Vorfall kann

Fragen aufwerfen. Wir dürfen nichts riskieren! Du hast gesagt, du kümmerst dich um Wittaker. Schlussendlich mussten wir sie auf offener Strasse erschiessen, bevor sie mit einem sehr brisanten Video über dich zur Polizei gegangen wäre. Der allerletzte Schritt, den wir unternehmen mussten. Es war Glück, dass wir das noch rechtzeitig erkannt haben. Das Sicherheitssystem der SI war mit ein wenig Aufwand zu hacken. Aber es hängt mit ihrem internen Netz nicht zusammen. Ihre IT-Leute sind sehr gut und haben ihr internes Netz im Griff, da sind wir nicht reingekommen. Nur durch Zufall hat ein NSA-Mitarbeiter das Gespräch zwischen ihr und ihrer IT heute Morgen mitbekommen und wir konnten gerade noch rechtzeitig reagieren. Das war knapp!"

„Die Schlampe ist doch jetzt weg? Sie war uns ja schon seit Jahren ein Dorn im Auge. Was willst du noch mehr? Ist ja nicht das erste Mal, das wir sowas unter den Tisch kehren. Die Bauern sind dumm, die durchschauen das nicht!"

„Ja, das ist so. Trotzdem ist Vorsicht geboten. Was ist mit diesem Carter, der Junge weiss zu viel. Hast du einen Plan?"

„Ich hoffe, die Sache hat ihm genug Angst gemacht, dass er sich ruhig verhält. Wenn nicht, lassen wir auch ihn verschwinden."

„Mit jedem, den wir verschwinden lassen, werden 5 neue wach, die dessen Tod hinterfragen. Wir sollten subtiler vorgehen."

„Ja, wir versuchen es. Aber selbst wenn nicht, unser Spiel durchschaut niemand. Wir sind im Endspurt. Die Menschen sind zu dumm dafür, sie machen genau das, was wir wollen. Sieh dir die Kommentare auf Facebook doch an. Unser Plan geht auf, da können wir noch so unvorsichtig sein! Es dauert nicht mehr lange und Europa wird brennen!"

„Ich hoffe es! Das Letzte, was wir jetzt brauchen können, sind selbsternannte Helden, die die Menschen in Europa vor sich selbst schützen wollen!"

„Mach dir keine Sorgen! Der gewöhnliche Konsument ist zu dumm, um unser Spiel zu durchschauen! Wir haben die Medien im Griff, wie soll das Ungeziefer denn bemerken, dass sie bald alle tot oder selbst enteignete Flüchtlinge sind? Wir liegen in der Agenda. Die Menschheit ist eine Seuche und wir werden uns an ihr bereichern, wie schon so oft! TTIP bringen wir dieses Jahr noch durch, dann steht uns nichts mehr im Weg. Wir sind übermächtig! Keiner stellt uns in Frage oder klagt uns an. Das getrauen die sich gar nicht. Wir können sogar Michael Jackson umbringen, niemand sieht genauer hin. Wir können 9/11 inszenieren, 3000 Amerikaner opfern und die, die Fragen stellen als Verschwörungstheoretiker abtun. Wir sind unbesiegbar! Wir sind die Auserwählten!"

Paul zog selbstgefällig eine Augenbraue hoch: „Genau! Wir sind die Auserwählten, die Elite, die es wert ist zu überleben!" Er ging zur Bar in Antons Büro: „Ich darf?"

Anton nickte.

Er füllte zwei Gläser mit Scotch und streckte ihm eines hin: „Auf die neue Weltordnung!"

Anton nahm das Glas, stiess mit ihm an und lachte selbstverliebt: „Jawohl! Auf die neue Weltordnung!"

Herstellung und Verlag:
BoD - Books on Demand, Norderstedt
ISBN 978-3-8370-6079-9